新参者

〔日〕东野圭吾 著
岳远坤 译

南海出版公司

新经典文化股份有限公司
www.readinglife.com
出 品

新参者

目录

1	第一章	仙贝店的女孩
29	第二章	料亭的小伙计
57	第三章	陶瓷器店的媳妇
81	第四章	钟表店的狗
107	第五章	西饼店的店员
135	第六章	翻译家朋友
161	第七章	保洁公司的社长
189	第八章	民间艺术品店的顾客
215	第九章	日本桥的刑警

第一章　仙贝店的女孩

第一章　煎餅屋の娘

1

"总算凉快些了。真是的,这才六月啊。"

聪子摆好门前的仙贝袋,走进店中。

"奶奶,您刚出院,不能那么忙里忙外的。要是爸爸看到,我会挨骂的。"

"没事,没事。我既然出院了,就不是病人了,不像平常一样干活哪行啊。俗话说,不劳者不得食。菜穗,你也得早点自食其力啊。"

"哎呀,又来了!"菜穗拿起一片蛋黄酱仙贝放进嘴里。

聪子一边捶腰,一边盯着孙女。"你还是这么喜欢仙贝。就算是仙贝店长大的女孩,也没有你这样从出生到现在都没吃腻的。"

"可这是新品啊。"

"就算是新品,仙贝还是仙贝啊。我看都看腻了,而且关键是我的牙不行了。"

"这样都还做了五十年仙贝呢。"

"我都说多少次了。我是从三十年前开始做仙贝的,之前一直在做日式点心。都是你爸爸自作主张,改成仙贝店。啊,真怀念那时的羊羹。"

"您不是经常吃羊羹嘛。"

就在菜穗抬高了嗓门时,一个穿灰色西装的微胖男子推开玻璃门走了进来。

"您好。"他精神饱满地打了声招呼,点头致意。

"田仓先生,真不好意思,这么热,还让您特意跑一趟。"聪子高声说道。

"哪里的话,这是我的工作,而且傍晚也凉快多了。我白天来过一趟,但您不在。"

"那可真是辛苦您了。我给您倒点冷饮,请进来坐。"聪子招手让他来里面的起居室。

"不,在这里就行了。今天只要给我那个就好。"田仓在空中比画了一个四边形。

"诊断证明吧?今天我和这孩子一起去拿了。我说我一个人也没事,可她不听话,偏要跟我去。"聪子脱下拖鞋。

"好了,奶奶,我去拿。"菜穗阻止了聪子,自己走到里面。

"你知道放在哪里吗?"聪子问道。

"知道,是我放的嘛。明明是您不知道放在哪里。"

菜穗说完,聪子好像说了什么。菜穗听到了田仓的笑声。

"菜穗,茶也准备一下。"又响起了聪子的声音。

"我知道。"真烦——菜穗有点生气,小声说道。

当她用餐盘端着一杯冰镇乌龙茶回到店中时,那两人正高兴地聊天。

"您的气色好多了。上次来找您是四天前吧。仅仅过了这么几天,脸色就完全不一样了。"田仓感叹着摇摇头。

"回到家里心情就不一样。反正我就是待不住，但这孩子总不让我乱动。"

"哎呀，您孙女担心您嘛。啊，谢谢。"田仓伸手拿过盛着乌龙茶的玻璃杯。

"奶奶，给。"菜穗把信封交给聪子。

"哦，谢谢。"聪子从信封中取出一份文件，迅速看了一眼，递给田仓，"田仓先生，这就行了吗？"

田仓说了句"我看一下"，接了过去。"您住了两个月院啊，真是够受罪的。"

"要是能把关键的病治好也就罢了，可是完全没好，真糟糕。而且又发现了别的病，为了治那个病住院两个月，真是窝心。"

"这里写着胆管炎。啊，还写着动脉瘤检查呢。"

"动脉瘤是最关键的。本来打算动手术，结果往后拖了。"

"动脉瘤的手术以后还要做？"

"嗯。但我都这把年纪了，与其冒着风险做手术，不如就这样撑着。"

"是啊，这很难啊。"田仓似乎有些为难，因为他说话不能不负责任。

"文件这样就可以吗？"聪子问道。

"对，和前几天我拿到的那份加起来就齐了。我马上去公司办手续，最迟下个月便可以支付住院补贴。"

"还要去公司？真辛苦啊。"

"哪里哪里。那我告辞了。"田仓将文件塞进公文包，又对菜穗笑了笑。"多谢款待。"

"多谢。"菜穗表示感谢。

聪子跟着田仓走了出去，站在店前目送他远去。

两小时后,菜穗的父亲文孝回到家。他穿着白色短袖衬衫,领口脏兮兮的,肯定是去找批发商了。

"小传马町好像出事了。"他边脱鞋边说,"那里停着很多警车,不像是交通事故。"

"有案子?"

"应该是,警察都来了。"

"这一带也不安宁了。"在厨房尝着酱汤的聪子说道,"人增加得太快,都是因为公寓建得太多了。"

文孝什么也没说,打开电视,调到转播夜场棒球赛的频道。菜穗专心摆着餐具。公寓增加,新居民增加,坏人也就增加了——这几乎成了聪子的口头禅。

在上川家,只有三个人到齐才能开饭,这是不成文的规定。因为文孝外出,今天的晚饭比平常晚。

直到不久前还是菜穗准备晚饭,但从一周前开始便换成聪子了,一切又回到了她住院前的样子。

菜穗的母亲在她上小学之前便因交通事故去世了。菜穗当时还小,但打击和悲痛至今还在她心中挥之不去。幸亏家里开店,白天父亲总能待在身边,祖母也在一起,菜穗才得以摆脱单亲家庭的孩子固有的孤独感。她渴望母爱,但祖母精心准备的饭菜总能温暖她的内心。郊游的时候,别的孩子看到菜穗的便当,都羡慕不已。

正因如此,今年四月得知祖母差点病危时,菜穗刹那间脸色煞白。她完全没有心理准备,赶到医院时,泪水就像断了线的珠子一样流淌。

正如聪子对保险推销员田仓所言,聪子原本是为动脉瘤手术而住院的。然而,就在手术前几天,她忽然开始不明原因地发高烧,有时甚至陷入昏迷。

这种状态持续了三天，第四天才清醒过来，菜穗见状又哭了起来。

后来医生告诉她，发烧是由胆管炎引起的。菜穗这才意识到，自己一直依赖、撒娇的对象已是一个有病在身的老人。

聪子出院时，菜穗握住祖母的手说道："以后我来照顾奶奶。您之前对我的好，我都要回报给您。"

聪子闻言感动得大哭起来。

但遗憾的是，这种感人的场面并没持续太久。聪子原本就感动得快，冷静得也快。一开始她还有心情看着笨手笨脚的孙女做家务，但渐渐就变得急躁，开始插手。她要强好胜又性急，不会考虑照顾别人颜面，说话时也不会考虑如何不伤害对方。更糟的是，菜穗在这一点上像极了聪子。她对聪子说："既然您那么多牢骚，干脆自己干好了。"于是没过多久，家里的情形便恢复到聪子住院前的样子。

只有文孝比较高兴。在菜穗负责伙食期间，他瘦了五公斤。自从聪子重新掌勺，他眼看着又恢复了体形。

"对了，闺女，你在美容学校里好好学习了吗？"

"当然啦。今天不是休息嘛，所以我才在家里。"

"那就好。"

"菜穗啊，能当上美容师吗？"

"当然能。"菜穗瞪了奶奶一眼。但她实在不能说自己因为奶奶旷了好几次课。

"既然要干就好好干，早点自力更生，自己赚钱养活自己。"文孝说道，"俗话说得好……"

"不劳者不得食，对吧？我知道。"菜穗一副气鼓鼓的样子。

2

菜穗从今年四月开始到美容学校学习。入学后，当她正准备努力学习时，聪子得病了。她因此落下了很多课程，最近才终于赶上。当美容师是她从小的梦想，上高中时也从未想过考大学。

她也知道家里的经营状况不太好，现在的收入勉强够维持生计。但聪子会愈加衰老，文孝的身体也不可能一直这么好。她已经做好心理准备，一旦形势转坏，只有靠自己努力赚钱养家。她想早点长大成人，自力更生。

美容学校的课上到四点。菜穗四点二十分坐上地铁，在都营新宿线的滨町站下车，走过明治座和清洲桥大道，朝人形町走去。对面走过几个穿着衬衫的男人，脱下来的西装上衣搭在肩上。今天的确很热。

从这里到都营浅草线人形町站之间有一条叫甘酒横丁的商业街，仙贝店"咸甜味"——菜穗的家——就在这条街上。

就算恭维，这条街也算不上最前沿的商业街。服装店里挂的都是中老年女装，中午时分路上都是用牙签剔牙的上班族。这条街的唯一可取之处就是保存着传统的江户风情。在发现这一点之前，菜穗一直认为任何地方都有卖三味线和箱笼的。①

有家商店门口摆着木质陀螺和拨浪鼓，那是手工艺品店"童梦屋"。菜穗从门前走过时，店里有人招呼道："回来啦？"是系着围裙的菅原

---

①三味线，日本的一种弦乐器；箱笼，用竹、柳、藤等材料制成的有盖箱子，用于旅行或收纳衣物。

美咲。美咲在这家店打工,比菜穗大一岁。两人最近成了朋友。

"美容学校怎么样?"

"马马虎虎吧。"

"是吗,加油哦。"

"谢谢。"菜穗微一抬手。

过了童梦屋,第三家就是咸甜味。店门口站着三个男人,其中两人西装革履,另一人则便装打扮,穿着T恤和花格短袖衬衫。

很少有男人在咸甜味门口驻足。菜穗心想反正不会是顾客,便走了过去。但当她去开玻璃门时,穿短袖衬衫的男人也往店里走去,两人差点撞上。男人马上后退一步。

"对不起,请。"男人伸出手,做了一个礼让的动作。他微笑着,露出雪白的牙齿。

"不,您先请。这里是我家。"

男子闻言点了点头。"哦,那正好。"他说着走了进去。

店里的文孝看了看菜穗和那个男人,脸上掠过一丝惊慌。

他说了一声"欢迎光临",但男人歉然一笑,摆摆手。

"对不起,我不是来买仙贝的,我是日本桥警察局的警察。"男人从裤子口袋里拿出警察手册,打开出示身份证明栏。

据菜穗所知,家里从未来过警察。她看了一眼警察手册,上面写着"加贺恭一郎"。

菜穗又推测了一下他的年龄。他应该年过三十,但难以准确判断。

"昨天有一个姓田仓的人来过吗?新都生命的田仓慎一。"加贺说出一个令人意外的名字。

"啊,来过……不,光临过敝店。"菜穗答道。

"当时你在店里?"

"是。我和奶……祖母在。"

加贺点点头。"关于这件事,警视厅的人想问问你们。我可以把他们叫进来吗?"

警视厅!菜穗心下一惊。"这……"她看了一眼父亲。

"那倒是没关系,只是,出什么事了吗?"文孝问道。

"只是有件事需要确认,不会耽误您很长时间。"

"哦……那请吧。对了,是不是应该把我妈也叫来?"

"就是这位小姐的奶奶吧?"加贺看了看菜穗,"如果可以,就太感谢了。"

文孝说了一声"明白",往里面走去。

加贺把等在外面的两个男人叫了进来。他们表情严肃。菜穗完全猜不出他们的年龄,总之是中年大叔:中年大叔的发型,中年大叔的打扮,脸庞很大,小腹凸出。二人分别做了自我介绍,但菜穗并未记住。

聪子跟着文孝走了出来。年长的刑警开始提问。

"听说这个人昨天来过,没错吧?"他边拿出照片边问。照片上的田仓显得老实本分。

"没错。"菜穗和聪子异口同声地回答。

"是几点来的?"刑警继续询问。

"几点?"聪子看看菜穗,"我记得是六点或六点半左右。"

"有可能是在六点半之前吗?"刑警问道。

"啊,有可能。"菜穗把手举到嘴边,"反正那时天还没黑。"

"现在这个季节,到七点天都不会黑。"刑警说道,"总之无法确定时间,是吧?"

"这几点几分实在没办法……"聪子有些缺乏自信。

"田仓先生来这里有什么事?"

"他为了给我办住院补贴的手续,需要诊断证明,我在那时交给了他。"

"他在这里待了几分钟?"

"这个嘛……"聪子略加思索,"大概十分钟吧。"

菜穗也有同感,所以没说话。她边点头边观察加贺,他正在看陈列柜中的仙贝,似乎对这番对话不感兴趣。

"那他说没说从这里离开后要去哪里?"刑警继续问道。

"他说要去公司给我办手续。"

"哦。"刑警点点头,"当时田仓先生是什么样子?"

"您指什么?"

"有没有什么地方和平常不一样?"

"好像没有。"

聪子看着菜穗,征求她的意见。

"西装的颜色不一样。"菜穗对刑警说,"以前是褐色,昨天是灰色。因为昨天的那身西装比较适合他,我记得很清楚。"

"我不是说服装,我是说有没有显得慌张或很着急之类的。"

"那倒没有。"

对于菜穗的回答,刑警好像有点不满,但随即又打起精神,露出笑脸。

"总之,你不记得他来这里的准确时间,有可能是六点前,也可能是六点后,应该是五点半到六点半之间,这么说没错吧?"

"嗯,或许。"菜穗和聪子对视一眼,说道。

"明白了。百忙之中多有打扰。"

"那个,田仓先生怎么了?"

"没什么,现在还在调查。"刑警向加贺递个眼色,加贺也向菜穗他们点头致谢。

三个男人走出去后,文孝忽然说了一句:"该不会是和发生在小传马町的案子有什么关系吧?"

"什么?"菜穗问道。

"你不读报吗?"文孝皱起眉头,"剃头师傅也要读报,读报很重要。"

"我不是剃头师傅。"菜穗边喊边把鞋脱掉。见矮桌上放着一张报纸,她迅速打开看了起来。

文孝说的那起案件的报道登在社会版上。一个独居的四十五岁女人在家中被人勒死,房间里没有搏斗的痕迹,因此凶手很可能是被害人的熟人。日本桥警察局和警视厅将案件定性为他杀,正在调查。

"这可是不折不扣的凶杀案。"

"田仓先生不可能和案子有什么牵连。那人怎么看都是个正直的江户人,最不喜欢歪门邪道。"聪子走到旁边,瞅了一眼报纸。

"可听刚才那几个警察的问话方式,好像是在调查田仓先生的不在场证明。他们该不是在怀疑他吧?"

"怎么会呢。要真是那样也没关系,反正我们能证明他昨天来过,会还他清白的。"

"但他们一个劲问他来这里的时间,应该很重要。"

"你们不记得准确时间了?"文孝从店里探出头来。

"我只记得在五点半到六点之间,具体时间就记不得了。"

"真拿你们没办法。"

"可您也不是整天看着表吧。"

见菜穗气鼓鼓的,文孝缩回脑袋。

"真让人担心。希望警察能早点消除对田仓先生的怀疑。"聪子皱起了眉头。

晚饭后,菜穗去关店里的自动门。当门关到一半时,她发现一个男人站在门前,立刻条件反射地按下停止按钮。

男人弯下腰,探过头来。是加贺。看到菜穗,他微微一笑,说道:"对不起,耽误你一点时间可以吗?"

"啊,可以。需要叫我爸他们吗?"

"不,你一个人就行了。我只想确认一下。"

"什么事?"

"关于田仓先生的着装,你说他是穿正装来的?"

"对,他穿的是灰色正装,上次来的时候是褐色的。"

加贺咧着嘴摆摆手,说道:"什么颜色没有关系。当时他穿没穿西装上衣?"

"穿了。"

"果然是这样。你说他的正装很合身,我就觉得可能如此。"

"这有什么关系吗?"

"啊,现在还不清楚。总之多谢了。"加贺说完,在柜台上拿了一份仙贝,将六百三十元递给菜穗,"我要这个。"

"谢谢。"

"那么,晚安。"加贺和进来时一样弯腰从自动门下钻了出去。

菜穗愣了一会儿,走近自动门。在按下关门按钮前,她弓身往外看了看。

几个看起来刚下班的上班族正好从门前经过,可能要找个地方去喝一杯。街灯下的人行道前方,已经看不到加贺的身影。

3

第二天依然很热,气温在午前就开始反常地上升,高气压好像驻扎了下来。像往常一样从滨町下车的菜穗,刚从地铁站走出便已浑身是汗。

文孝正在店门口搭遮阳棚。看见女儿,他小声说了一句:"回来啦。"

"我回来了。喂,爸,今天警察没来啊?"

"没来咱家,但还在这一带转悠。"文孝小声说道。

"他们在干什么?"

"我碰巧听到的,好像还是在调查田仓先生,到处打听那天有没有人看到他。他来咱家的时间好像非常重要。"

"这么说光靠我们的证词还不够?"

"是啊。"文孝走进店中。

菜穗环视四周。刑警们现在是否也在某处走访?

她漫无目的地看了一眼斜前方的咖啡馆,吃了一惊。虽然隔着玻璃窗,她依然清楚地看到店中有一张熟悉的脸。对方也发现了她,不好意思地笑了。

菜穗穿过马路进入咖啡馆,走近面向道路的那张桌子。

"您在监视什么?"她低头看着加贺。

"没监视什么。你先坐下来吧。"加贺举手招呼服务员,"想喝点什么?"

"不用了。"

"别客气。"加贺递过菜单。

"那我要香蕉汁。"她对服务员说完坐了下来。"您在监视我家?"

加贺笑了。"你这小姑娘真够难缠的。我不都说了吗?我没有监视。"

"那您在干什么?"

"什么也没做,只是在喝冰咖啡。换句话说,就是在偷懒。"加贺没用吸管,端起杯子一饮而尽。

"你们怀疑田仓先生跟小传马町的杀人案有关吗?"

加贺表情微变,环顾四周后说道:"拜托小点声好不好?"

"您要是不告诉我,我就用最大的音量再说一遍。"

加贺叹了口气,把手指伸进微长的头发。"他是嫌疑人之一。凶案发生当天,田仓先生去过死者家。我们在死者房间里发现了保险公司的宣传册和他的名片。他本人坚称只是去死者家完成保险手续。"

"就因为这一点?"

"作为警察,这么做非常重要。"

服务员端来香蕉汁,菜穗用一根粗粗的吸管喝了一大口。

"田仓先生到我家的时间很重要吗?"她喘了口气,问道。

加贺略一思索,微微点了点头。"据说田仓先生在那天下午五点半左右离开被害人家。当时被害人还活着,因为我们已经确定,被害人此前出去买过东西。"

"哦?她买了什么?"

加贺眨了眨眼,看着菜穗。"这对你很重要?"

"不,我只是有点好奇。那是在被害之前啊。"

"她应该没想到自己会被杀吧,买东西并不奇怪。她买了一把厨剪。你知道有家叫'刻剪刀'的商店吗?"

"嗯,我知道。"

"我们先不谈那个。据田仓先生说,他离开被害人家后,先去了你家,接着回到位于滨町的公司,将你奶奶申请住院补贴的资料交给了一名女同事,然后就回家了。"

"有什么问题吗?"

"他在回家途中见过一个朋友。根据这个朋友的证言进行推算,田仓先生离开公司应该是在六点四十分左右。但据他的女同事说,六点十分他已离开公司。也就是说,这里有三十分钟的空白。如果有三十分钟,便可以在回家途中顺便去一趟小传马町,作案后再回家。关于这一点,我问了他本人,但他坚称自己离开公司的时间是六点四十分,没有顺便去小传马町,是女同事记错了时间。"

"实际不是这样?"

"我还找到了别的同事,也说六点后在公司里见过田仓先生。作为警察,我不能对这种时间上的出入视而不见。只是,田仓先生和他的女同事的说法有一致的地方,就是从他回到公司到离开公司大概只有十分钟。这样一来,他到达你家的时间变得非常重要。从这里到他供职的新都生命只需不到十分钟。他说从你家离开后直接回到了公司,因此只要弄清楚他离开你家的时间,便可以知道他是否说了谎。"

加贺语速很快,菜穗拼命在脑海中整理他的话。

"所以您才那么关注时间问题。"

"是的。但你和你奶奶都不记得准确时间,所以我就在附近挨家询问,是否在那个时间段见过田仓先生。很遗憾,没人目击他走进仙贝店。

我也问了这家店，得到的答案相同。"

"那又怎样呢？"

"这个嘛……"加贺悠闲地靠在椅子上，看着外面的街道，"目前还没发现其他嫌疑人，因此警视厅的那些家伙肯定会揪住田仓先生不放。"

"但我觉得田仓先生是不会杀人的。"

"嗯，凶手被捕后，他的朋友一般都这么说。"

菜穗闻言非常生气。"可他没有动机。"

"这个……"

"什么这个那个的？"

"动机这东西，只要本人不说，就没人知道。所以警视厅的那些人也许很快就会问出来的。"

"听起来您好像把一切都交给了别人。"

"哦？"

"您说话的方式让人感觉您在冷眼旁观。"

加贺伸手去拿盛水的玻璃杯。"调查的主角是警视厅的人，我们只是帮手，或者说是向导，只能按照他们的指示行动。"

菜穗看着那张棱角分明的脸。"完了，幻想破灭了。我还觉得您和其他警察不同呢。要是这么说，您得待在自己的辖区。"

"我可不能一直待着。说实话，我刚调到这里，对这一带一无所知，因此决定首先观察这条街。这里真有意思，我刚去了钟表店，发现了一个非常罕见的三角柱形时钟，三面都有表盘，以同样的方式运转，到底是什么样的构造呢？"

"什么啊，您不就是在偷懒嘛。"菜穗急急喝完香蕉汁，将钱放在桌子上。她不想让这个人请客了。

"今天还真热。"加贺看着窗外说道,"你看,那些上班族脱了上衣,卷起袖子,正从人形町往这边走。"

"那又怎么了?"菜穗说得直截了当,她已不想对这个人使用敬语了。

"看,又过来一个。那人也脱了上衣搭在肩上。"

"天气这么热,那样做不很正常吗?"

"但现在已经凉快一些了。你看,有人穿着西装过来了。"

菜穗一看,窗外的确有西装笔挺的人走过。

"您到底想说什么?"菜穗不由得着急起来。

"你好好看一下。从右往左,也就是从人形町往滨町走的上班族多数都脱了上衣,而相反,从左往右走的人,上衣都穿得很整齐。"

菜穗转身仔细观察。

有几个上班族从右往左走过。菜穗半张着嘴,发现事实正如加贺所说,在从右往左走的人中,脱掉上衣的非常多。

"真的。"她小声说道,"为什么?是偶然吗?"

"这可不是偶然,应该有原因。"

"您知道原因?"

"算是吧。"加贺咧嘴一笑。

"您这表情是什么意思啊?故弄玄虚?"

"我不是想故弄玄虚。跟你说了,你也不会觉得有什么了不起。首先,很多上班族路过这条街,他们任职的公司大都在滨町。问题就在这里。现在是五点半,这时候从右往左,也就是从人形町走过来的都是什么人?"

"这个时间当然是……"菜穗又看见一个穿西装的人走了过来,"应该是回公司吧。"

"正确。他们此前都不在公司,应该是负责外出销售或上门服务之类的业务。相反,从左往右走的人此前都待在公司里。他们一直在开足空调的房间里待着,不像外出的人流那么多汗,甚至还有些冷,因此才穿着西装。到了这个时间,原本就很凉快了。你看看从滨町走过来的人,大部分都上了年纪。他们在公司里地位应该比较高,不需要出门工作,所以到了五点半就可以马上离开公司。"

菜穗边听边观察路人。其中自然也有例外,但菜穗觉得加贺说的很有道理。

"啊……我以前都没想到。我从出生后就一直看着这条街呢。"

"嗯,因为这不是生活必需的知识。"

菜穗点点头,忽然回过神来,盯着加贺问道:"这和案件有什么关系?"

加贺将手伸向桌上的账单。

"你还记得我问过你田仓先生的着装吗?"

菜穗眨眨眼睛。"那天田仓先生穿得整整齐齐的……"

"他是负责外出事务的,而且他说自己从小传马町的死者家中出来后就去了你家。他走了很多路,却还穿得那么整齐。"

"呃……也有可能是忍着酷暑特意穿的。"

"当然,也有这种可能性。但这里也可能隐藏着三十分钟之谜的真相。"加贺起身走向收银台。

"等等。什么意思?"

"接下来的事情,即便我想告诉你也不行,因为我还没解开谜团。"加贺说声"再会",走出了咖啡馆。

4

晚饭时，菜穗将加贺的话告诉了祖母和父亲。过了好一会儿，聪子才理解了那空白的三十分钟的含意。为了说明，菜穗在纸上详细地画出田仓的日程表。"哦，三十分钟，我倒觉得无所谓。"聪子总算明白了，歪了歪脑袋。

"但警察坚持认为，三十分钟足以行凶。"

"这才奇怪呢，首先该想想田仓先生是不是那样的人才对。他不可能做出那么吓人的事。他遵守约定，还能替人着想。现在这种人很少了。我出院的时候，他第一个过来——"

菜穗摆手打断聪子。"大家都知道他是好人，这不用您说，问题是怎样才能消除他的嫌疑。"

"所以我就说，跟警察直说就行了。警察不了解田仓先生，才会有那么奇怪的想法。"

菜穗小声说了一句"这不行"，然后看了一眼父亲。文孝一脸为难，沉默不语。

"爸，您在想什么呢？"

"啊？哦，我在想田仓先生真是那么说的吗？"

"什么？"

"他说自己从小传马町来到咱家，然后又回公司，接着才回家，是吧？"

"加贺先生是那么说的。"

"哦……"文孝似乎在思考什么。

"怎么了?"

"不,没什么。"

"那个加贺先生很有男人味啊。"聪子边倒茶边说,"他肯定适合演历史剧,看起来也很聪明。"

"也许吧。我听他讲了一件很有意思的事。"菜穗说起路过甘酒横丁的上班族的服装。

"啊……我想都没想过。"聪子感叹道。

"所以加贺先生问起那天田仓先生穿西装的理由,还说可能和空白的三十分钟有关。"

"怎么有关?"

"还不清楚。"

"他的想法真奇怪。在刑警当中,他应该属于很优秀的吧。"

"这可不好说。"菜穗拿起水杯,"我可没看出他有干劲,而且他还滔滔不绝地跟我这个小姑娘谈论案件,不是很不好吗?"

"因为你问了人家啊。"

"即便被人问到,一般也不会说吧?"菜穗向父亲寻求支持。

"啊?嗯……是啊。"文孝站起身来,"好了,去洗个澡。今天的饭很好吃。"

看着心不在焉的父亲,菜穗心生疑惑。

5

傍晚,文孝走到门前,像往常一样支起遮阳棚。已没有白天那么热了,但仍能感觉到光照一天比一天强。他觉得应该改变商品的摆放方式,迎接酷暑的到来。仙贝中有适合当下酒菜的,也有不适合的。

地上有影子移过,文孝意识到有人站在身后。他正要说"欢迎光临",又把话咽了回去。那个人他认识,而且让他感到担心。"今天也很热啊。"那个人——加贺向他招呼道。

"是啊。您找我女儿?她还没回来。"

加贺轻轻摆了摆手。"今天有事想问您,能抽出一点时间吗?"

"啊……"文孝看了一眼加贺,发现对方盯着自己,不由得低下头去,"里面请。"他伸手去开玻璃门。

"您母亲呢?"

"母亲?您是说我妈?她在家,要叫她吗?"

"不,要是您母亲在,咱们就出去找个地方说。"加贺说道。

文孝从这个至少比自己小一轮的刑警身上感到一种无法言说的压力。他确信,这个刑警绝非只是为了随便打听什么而来。

文孝吐了口气,点点头,随即走进店,朝里面喊道:"妈,没睡吧?"

聪子立刻从起居室中走出。"什么事?"

"我出去一下,您看下店。"

"又去玩弹子球?真拿你没办法。"穿着拖鞋的聪子发现了站在儿子身后的人,"啊,是威风的刑警先生。田仓先生的嫌疑已经消除了吧?"

"正在调查。"

"拜托你了。他是个好人,不会杀人的。我保证。"

"我明白了。听说您刚出院,身体怎样?"

"托你的福,回家之后就全好了。要是不冒冒失失地住院就好了。"聪子看了一眼儿子。"文孝,你要跟刑警先生谈话吗?田仓先生是个什么样的人，你要好好告诉他。"

"真啰唆，我知道——我们走吧。"文孝转向加贺说道。

加贺对聪子说了声"保重"。

"您母亲看起来身体很好，真是比什么都强。"出了店门，加贺说道。

"光是嘴上逞强。"

两人走进仙贝店对面的咖啡店，文孝想起昨晚女儿的话。

他们点了冰咖啡。文孝抽出一支烟，加贺把烟灰缸放在他面前。

"昨天我在这家店跟您女儿聊过。"

"听说了。"

"您果然听说了，那我们聊起来就快了。"

"我这么说可能有点不严肃，听说您发现了一个很有意思的地方。我也从没注意过那些上班族的服装有什么不同。"

"我这人爱关注细节，所以也注意到了田仓先生的服装。为什么他在外面转了一圈，西装穿得还那么整齐呢？"

服务员端来冰咖啡，文孝点上烟。

"您知道原因了？"

"嗯，大体上。"

"哦……"

"您好像并不惊讶。没兴趣吗？"

"不，那倒没有。"

"啊，当然这件事您可能不想听，因为您已经知道了。"

文孝刚把咖啡杯端到嘴边，闻言又放了下去。"什么意思？"

"田仓先生去您家时，西装为什么那么整齐，答案很简单。他并非在外面转了一圈后再去的。他先回到公司，完成所有工作后才去的您家，所以就算出汗，也不会难受到要脱掉上衣的地步。"

文孝低下了头。

加贺继续说道："他五点半离开小传马町，六点前到达公司，将上川聪子女士的住院补贴手续拜托给女同事，然后穿上西装去了您家。从您家出来后，他又回到公司，待了一会儿便回家了。这样，他的行动就和所有证词一致，不存在三十分钟的空白。可以认为这三十分钟花在了他从公司去您家的路上以及和上川聪子女士的谈话上。但这样就会产生一个矛盾。要办理住院补贴的手续，需要医院的诊断证明，如果他回公司前没来您家，就不可能办手续。另外我还有一个疑问，如果田仓先生的行动真的如此，他为什么不说实话？"

文孝抬起头来，加贺目不转睛地盯着他。

"您……全都知道了啊。"文孝说。

加贺开口说道："我去新大桥医院询问了主治医生，但没问上川聪子女士的真实病情。"

文孝叹了口气，喝了一口冰咖啡，轻轻摇了摇头。"日本桥警察局来了个聪明的刑警啊……"

"主治医生承认写了两份内容不同的诊断证明，一份是真实病情，另一份是假的。我问他为什么这么做，他说是您要求的。"

"他说得对，是我坚持的。我也想不出别的办法。我妈很顽固，说自己能办住院补贴手续，就是不听劝。但办手续需要诊断证明，而诊断证明上的内容绝对不能让她知道。说实话，我真是没办法了。"

"所以您才恳求医生，让他帮您写一份假证明，等您母亲来取的时候交给她？"

文孝点点头。"医生说，医院规定不允许那么做。但那个医生是个好人，违反规定给我写了一份，条件是绝不能交给别人。等我妈回家后，我去医院取了真的诊断证明。"

"您什么时候把真的证明交给了田仓先生？"

"是那天六点前。我到田仓先生的公司附近直接交给了他，他马上帮我办了手续。"

"但田仓先生还有一项工作，就是找上川聪子女士拿假的诊断证明，于是他在离开公司后便去了您家。"

"真是对不起田仓先生。都是因为我请他做这么奇怪的事情，才让他蒙冤的。本来有很好的不在场证明，却不能告诉警察。其实我一直觉得，即便他全都告诉警察，我也没办法。"

"田仓先生只字未提假证明。"

"说实话，这件事还是他想到的。我把真正的诊断证明交给他时，他跟我说，不管发生什么，他都不会把这件事说出去。他也是江户人，会誓死捍卫男人间的约定。"

"田仓先生的确兑现了这个诺言。"

"他真傻，说出来就好了。"

"但您也没说。"

文孝无言以对。他吐了口气，又道："医生说是胆管癌。"

"癌……是这样啊。"加贺的表情严肃起来。

"医生说她已经经不起手术的折腾，建议在家中静养观察，所以便出院了，但体力能恢复到什么程度也不好说。"文孝做了个深呼吸，"医生说，就算恢复得快，也要半年。"

"我能理解您的想法。"

文孝笑了。"您理解就好，但我绝不想让别人发现。她本人自不必说，菜穗也是。"

加贺点点头,说道:"我明白。"

"比起跟她妈妈,那孩子跟她奶奶更亲。她从小就失去了妈妈,整天跟奶奶撒娇。在她成为称职的美容师之前,我不能跟她说……"文孝说着,忽然想起一件事,看着加贺说道,"但是,已经无法隐瞒了吧?要证明田仓先生不在场,就得把诊断证明的事说清楚。"

加贺缓缓地摇摇头。"我跟上司商量了,请局长去说服警视厅,一切都已安排好,只需要您的证词。"

"我明白,只要我证明就可以了吧?"

"麻烦您了。"

文孝说了一声"哪里",摇了摇头。

"小传马町案件的被害人是一个独自生活的女人?"

"对。"

"她的家人呢?"

加贺闻言立刻垂下视线,露出含意复杂的微笑。文孝感觉他在犹豫。

"对不起,调查的事情不能说吧。"

"不,其实也没什么可隐瞒的。她最近刚离婚,开始独立生活。她有个儿子,但母子俩几乎都不见面。"

"是吗……"

"也不清楚她为什么来日本桥。对这条街来说,她是一个神秘的新参者[①]。"

文孝闻言不由得瞪大眼睛。"这么说来,跟您一样啊。"

[①]在日语中,"新参者"意为新加入、刚到来的人。

"的确。"

两人笑了起来。

"啊,您女儿。"加贺转头看向街上。

菜穗正在店前摆放仙贝。玻璃门开了,聪子走了出来。两人开始交谈,菜穗嗓门很大。

"要是菜穗知道我见过您,肯定会问这问那。"

"就告诉她,田仓先生的嫌疑已经消除了。"

文孝点点头,站起身来。"加贺先生,您还要在日本桥警察局待一段时间?"

"应该是。"

"那就好。再来买我家的仙贝啊。"

"我会的。"

文孝把冰咖啡的费用放在桌上,走出了咖啡店。几个挽着衬衫袖子的年轻上班族匆匆走过他身旁。

第二章　料亭的小伙计

第二章　料亭の小僧

1

下午四点在料亭①前洒水是修平的职责。他穿着白罩衫,用勺子舀起桶里的水往地上洒。一开始他觉得"水管就在旁边,用软皮管洒水就行了",并将这个想法告诉了料亭老板娘赖子,赖子却皱起眉头把他训斥了一顿,说他真糊涂。

"这又不是洗车。洒水是为了不起尘土。要是料亭前湿漉漉的,会给客人添麻烦。还有一点,"赖子又补充道,"来人形町一带料亭的客人都注重情趣。他们最喜欢看见习的小伙计拿水桶洒水。要是一个人穿着牛仔裤拿水管子洒水,就完全没有情趣了。"

"客人一般都在六点以后来,应该看不到洒水的情景。"修平话音刚落,老板娘就拍了一下他的脑门。

"不要找理由,这些歪理对我们做餐饮的人没用。"

真过分!修平心想,但并未反驳。赖子有些专制,可作为一个经营者,她仍令修平心存尊敬。

---

①料亭为高级日本料理餐厅,以传统日式建筑为主,价格昂贵。

修平洒完水时，一个男人从料亭里走了出来，是赖子的丈夫、松矢料亭的老板泰治。泰治穿着夏威夷衫和白色短裤，戴着墨镜和金项链。他觉得这样潇洒，但修平不以为然。这副形象就像低成本电影里的流氓。

"喂，那个东西，你给我买了吧？"泰治问道，仿佛害怕周围的人听见。

"买了。"

"在哪里？"

"藏起来了。"

"好，拿过来。"

修平放下水桶，走进料亭旁的小巷，从一辆停在那里的自行车车筐里取出一个白色塑料袋，回到泰治旁边。泰治正在看表，显得心神不定。他不停地看向料亭，大概害怕赖子走出来撞见。

"就是这个。"修平递过塑料袋。

"Thank you, thank you，你可帮大忙了。"泰治往塑料袋里看了看，满意地点点头，"是按我说的买的吧？"

"嗯，七个有馅儿，三个没有，对吧？"

"对。辛苦辛苦，剩下的钱你拿着吧。"

"嗯……"修平微微点点头。说是剩下的钱，也就五十元而已。

"跟往常一样，别告诉任何人。明白吗？"泰治用食指碰了碰嘴唇。

"明白。"

"一定不能说。要是说了我可饶不了你。"

"我知道。"修平觉得他很烦人，但还是点点头。

"嗯，拜托啦。"泰治提着塑料袋离去。修平看着他的背影，轻轻叹了口气。

傍晚六点后，客人陆陆续续来到料亭。修平负责点餐上菜。他将饭菜端到每位客人桌上。在上菜前，修平已经了解了饭菜的内容、吃法和食材等，但有时还是无法回答客人的问题。这时他只好回到厨房请教资深同事或主厨。通常他都会被骂一顿："刚才不是说过了嘛！"

常客由赖子亲自招呼，她总是穿着和服。修平隐约感觉到和服和季节之间好像存在某种规则，而赖子坚守着这个规则。这天晚上，赖子穿着一件紫藤色薄和服。

赖子与客人应酬时，脸颊生动而美丽，修平有时会不由得看得入迷。每当此时，她看起来比平常还要年轻，让修平不敢相信她和自己的母亲年龄相差无几。

但她仅对客人才会露出美丽的笑脸。一离开客人的桌子，她的眼神便马上严厉起来。

"窗边那位客人的杯子空了，你在这里发什么呆？"

"啊，对不起。"

每当赖子发出尖厉的斥责声，修平就开始忙着跑来跑去。

十点前后，客人们开始陆续离去。饭菜并非出自修平之手，但当他听到客人们说"好吃，多谢"时，还是会感到高兴，天真地觉得这份工作很令人快乐。

然后便是收拾。洗碗和打扫厨房都是修平的工作。他今年春天才被招进来，连拿菜刀的方法也还没学到。比他早来两年的克也今年才有了在厨房帮忙的资格，因此他清楚，这种工作状态还要持续一段时间。

他才十七岁，去年还在上高中，但始终无法习惯学校生活，就退学了。这样说其实只是好听，实际上他是跟不上课程进度，学习遇到了困难。他本不想上高中，但父母无论如何想让他混个高中文凭，他勉强从命，最终还是无法忍耐。

修平从没想过按照上高中、上大学、进公司的人生步骤走下去，他想象不出会从事什么工作。进高中后，他依然没有摆脱困惑。

当父母问他不上高中要做什么时，他当即回答想做厨师。理由很简单，他家旁边有家寿司店，主厨工作时的神气模样吸引了他。

父亲通过关系找到松矢料亭雇用了他。父母也能理解他的选择，现在经济不景气，考大学、进公司的路子也不稳定了。

修平整理完厨具，正要离开厨房时，泰治走了进来。他的衣服和傍晚出去时一样，看来他一直在外面。

"今天怎么样？"泰治拿起一个刚洗完的杯子，打开一瓶一升装的清酒。

"和往常一样，冈部先生来了。"

"哦，那个自称美食家的味痴啊。"泰治倒满一杯酒，一饮而尽。他满脸通红，大概已在别的地方喝过一次。

喝完，泰治放下杯子，说句"谢了"，便走了出去。

"真是的，给我增加负担。"修平噘着嘴，去拿泰治用过的杯子。

2

松矢料亭在中午会准备一些价格适中的菜品。旁边就是商务区，一些手头宽裕的上班族会来这里用餐。

修平像往常一样上菜时，克也叫住了他。

"老板娘让你去桧间。"

"桧间？"

会是什么事呢？修平心想。桧间中午不对客人开放。

修平到了桧间，看见赖子和三个男人相对而坐。三人中有两人穿着正装，另一人则是便装打扮，穿着T恤，外面罩着花格衬衫。

"修平，这几位先生是警察，刑警。他们有事问你。"赖子说道。

"不好意思，耽误你工作。"穿T恤的男人对修平说道，然后又转向赖子。"老板娘，我们借这个小伙子一用。"

"请便。"赖子满脸带笑，眼神中却有些许不安。修平困惑不已。他完全不知道自己惹了什么事，竟让警察前来问话。

三人离开房间，朝门口走去，修平跟在后面。来到人形町大道时，他们停下脚步。人形町大道是单行线，但有多条车道。在这条宽阔的大街两边，各种各样的餐厅鳞次栉比。

"真热啊，要不要喝一罐？"穿T恤的刑警在修平面前打开手中的塑料袋，里面装着几罐咖啡。

"不用了，谢谢。"

"哎呀，别那么说嘛。你要是不喝，我们也不便喝。"

"是吗……"修平往塑料袋里面看了看，拿出一罐。见他这么做，几个刑警也各自拿了一罐。

"松矢提供生啤吗？"穿T恤的刑警问道。

修平摇摇头。"店里只有瓶装啤酒，还有从飞驒订购的啤酒。"

"哦，那里的啤酒应该很好喝。啊，别客气，喝啊。"

修平答应了一声，拉开拉环。现在才六月，却已像酷暑一样炎热。一口冰咖啡下肚，全身都凉透了。

两个穿西装的刑警中看起来年长的矮个子喝了一口咖啡,说道:"听说你买了人形烧?"

修平听了差点呛着,赶紧抬头看着刑警。"啊?"

"三天前的中午,你在这条街前面的一家店买了人形烧,对吧?"刑警直直盯着修平的眼睛,再次说道。

修平感到心跳加速。他觉得既然刑警这么问,就不能再说谎了。他点点头,说道:"买了。"

"几点买的?"

"快四点吧。"

"嗯,买了几个?"

"十个。七个有馅儿,三个没有。"

"让店员包装了?"

"没有。我装在透明的塑料盒里。"

"是要作为礼物送人?"

"不是。"修平摇摇头,和泰治的约定在脑海中闪过,他舔了一下嘴唇,"是我自己吃的。"

"能吃十个?"矮个子刑警瞪大了眼睛。

"白天吃了点,剩下的晚上吃了。"

另一个穿西装的刑警苦笑。"到底还是年轻啊。"

"全吃了吗?"矮个子刑警追问道。

"嗯。"

"塑料盒呢?"

"扔了。"

"扔到哪里了?"

"这个……"修平脑中一片混乱,已不知该如何回答,"我忘了,可能是在哪个垃圾桶里。"

"听说你住在店里,那应该是在你房间的垃圾桶里,是吗?"

"也许……啊,也可能是别的垃圾桶。"

"你能不能回想一下?要是能找出来就更好了。"

"塑料盒?"

"对。"刑警目不转睛地盯着修平的眼睛。

修平低下头。这下可麻烦了。要是直接说把人形烧交给了泰治,事情就会马上解决,可那样会挨泰治骂,说不定还会被辞掉。

他马上想到一个主意。

"我今早把垃圾扔了。"

刑警们的脸上浮现出失望与狼狈的神色。

"今早和其他垃圾一起?"矮个子刑警确认道。

"对,今天是扔不可燃垃圾的日子。"

这是事实。扔垃圾也是修平的职责。刚才被刑警一问,修平过于慌乱,完全忘了此事。

两个穿西装的刑警对视一眼,显得非常困惑,只有穿衬衫的刑警悠闲地看着街景。他发现修平在看自己,便微笑道:"喝咖啡啊。"

"啊……嗯。"修平一口气喝光了剩下的咖啡。他感到口干舌燥。

"我们知道了。百忙之中多有打扰。"矮个子刑警说道。

"谢谢你协助我们调查。"穿衬衫的刑警拿着塑料袋对修平说,"我帮你把易拉罐扔了。"

"啊,谢谢。"修平将空罐放进塑料袋。

与刑警们分开后,修平回到料亭,发现赖子正在门口等他。

"怎么样？他们问了什么？"

事出突然，修平想不出合适的谎言。赖子见修平不答，又问："是关于人形烧吗？"

修平吃了一惊，点点头。赖子好像早就从刑警们那里听说了调查的内容。

"三天前你买了人形烧吧？他们是不是想问你把人形烧放到哪里了？"

"对。"

"你怎么回答？"

修平重复了一遍对刑警说的话。他只能这么做。

他以为赖子会责备他在工作时间买点心，但她什么都没说，只是问道："他们还问了什么？"

"只有这些。"

"哦，我知道了。快去干活吧。"

"是。那个……到底发生什么事了？为什么刑警会问我那些？"

赖子显得有些犹豫，开口说道："据说三天前的晚上，小传马町的一栋公寓里发生了凶杀案。他们在调查那个案子。"

"小传马町……可为什么会问我？"

"他们说在被害人的房间里发现了人形烧，于是想找买人形烧的人。"

"啊……"修平忽然感到口干舌燥，浑身发热，但他不能让赖子发现自己的惊慌。"他们怎么会知道是我买的？"他的声音有些嘶哑。

"不知道，他们也没告诉我详细情况，但应该跟你没关系。"

修平慌忙摇头，说道："我根本就不知道那个案子。"

"那你就没必要在意。好了,别在这里慢吞吞的,快去干活。客人们会着急的。"赖子的语气严厉起来。

修平缩了缩脖子,说了一声"对不起",便回到厨房。

午餐时间过后,修平利用短暂休息时间偷偷找到报纸,发现前天的晚报上报道了案件。据报道,被害人是一个在小传马町独居的四十五岁女人,在家中被人勒死。从现场情况来看,凶手很可能是她认识的人。另外,警察认为行凶时间很可能是傍晚。

报道中没有提到人形烧。修平觉得,这可能因为是秘密侦查,还没有对外公布。他腋下冒出冷汗。那几个刑警的样子浮现在眼前。

泰治似乎有情人,修平知道此事。他经常听比自己先来的伙计们在背地里议论。他还听说那个情人就住在小传马町,因为有人在那一带见过泰治。

泰治让修平帮他买人形烧已不是第一次了。泰治每次接过人形烧,便会直接出门,朝车站的反方向走去。沿那个方向一直走,十几分钟便能到达小传马町。

人形烧大概是泰治带给情人的礼物,修平心想。

案子就在这种时候发生了。

如果是单纯的巧合还好,但巧合未免太多了。刑警们单单找到修平询问,也让他十分担心。一天当中,买人形烧的人应该不止他一个。

难道被害人是泰治的情人?若果真如此,凶手就是……一种不祥的想象在修平心头膨胀。但他无法将困惑告诉别人或与人商量,赖子和同事都不行。他想去找泰治,但又觉不妥。泰治很可能会呵斥他一顿:你这小子,竟敢怀疑自己的老板!

修平心下郁闷,工作时也打不起精神。这天晚上,他犯了很多不该犯的低级错误，总被资深的伙计和主厨们呵斥。

3

第二天晚上，那个穿衬衫的刑警出现在松矢料亭。这次他穿的不是衬衫，而是黑色夹克，并且是来吃饭的。修平将他带到座位上，看了一下预约名单，才知道他姓加贺。

"你这副表情像见了鬼似的。"修平来撤走擦手的湿毛巾时，加贺笑了起来，"还是觉得我这个工资低的刑警不应该来这种高级餐厅？"

"哪里的话。"修平慌忙俯下身子。

"先给我来瓶飞弹啤酒吧。"加贺没看酒水单便直接说道。他还记得昨天和修平的对话。

松矢料亭的晚餐基本只有套餐。送上下酒菜和地方特色啤酒后，就会把小菜撤下。加贺让修平拿来酒水单。

"有一个老板娘推荐的清酒套餐啊。我要这个吧。"

"明白了。"

"对了……"修平正要离开，加贺叫住了他，"你喜欢甜食吗？"

修平刚想说"不"，又慌忙点头。他想起昨天刚说过自己吃掉了那么多人形烧。"是……算是喜欢吧。"

"但是，是无糖的哦。"

"无糖？"

"咖啡。"加贺喝干了杯中的啤酒，"你选了无糖的罐装咖啡。"

修平心头一惊。他昨天的确选了无糖的，平常的习惯在那时显露了出来。"咖啡啊……我喜欢无糖的。"

"哦。"加贺将空酒杯放到桌上,"给我上酒吧。"

修平说了一句"我马上就去",便离开了。

这个刑警怎么回事?为什么那么说?跟罐装咖啡有什么关系?修平思来想去,出了一身冷汗。

他已经确定加贺此番前来不单为了吃饭。他说自己吃掉了所有人形烧,这让加贺起了疑心,准备进一步询问。

但修平找不到人替自己,只能硬着头皮给他上菜。

"这是秋田县的酒——六舟,"修平拿着酒壶给加贺倒酒,"是一种活性纯米酒,经过两次发酵,所以在起泡。"

加贺一口气喝完,赞道:"好酒!有点像香槟,酿造方法一样吗?"

"我觉得一样。是在纯米酒中加入酵母进行二次发酵。"

"香槟除了酵母还会加一点糖,这种酒呢?"

"……请稍等。"

"没事,不用问了,一会儿再告诉我就行。对了,你听说小传马町的凶杀案了吗?"

加贺忽然触及问题的核心,修平不由得瞪大了眼睛,他的表情似乎在加贺意料之中。"看来你已经听说了。"

"怎么了?"

"老板娘应该已告诉你了,我们在案发现场发现了吃剩的人形烧,因此推测被害人可能是在吃人形烧时被杀的。不仅在死者体内发现了人形烧,桌上的塑料盒中还剩下了几个。但那人形烧却不知是谁买的。"

"难道不是她本人买的?"

"不是。在死者被害前,一个保险公司的职员到过她家。他说死者当时还说人形烧是别人送的，问他吃不吃。可见人形烧是别人买的。"

"哦……"修平不知该如何回答。

"盒子上贴着印有店名的标签，所以马上查到了那家店。当然，只凭这些也无法查出什么，每天在那家店买人形烧的多达数十人。但死者家中的人形烧有特征，既有带馅儿的，也有不带的。若用纸盒包装会有这种情况，但装在塑料盒里的则不会。可如果客人要求，店员也可以这么做。我问了店员，在案发当天买人形烧的顾客是否有人这样要求。店员说有几个，很遗憾他大多都不记得了，只记得有松矢料亭的小伙计。"加贺指了指修平的胸口，"你经常去买吧？"

修平不置可否地"嗯"了一声，这才明白这个刑警为什么会来这里。的确，他曾奉泰治之命买过多次。

修平正站在那里不知如何是好时，克也出现在走廊里。他见修平老不回去，前来查看。

"对不起，我一会儿再来。"修平对加贺鞠了一躬，便离开了。

"你在做什么？"克也感到奇怪。

"客人跟我说话……"

"这种时候你要婉转地应付一下，尽快离开，不能在一位客人身上花太多时间。"

修平心下暗道"我何尝不想呢"，朝厨房走去。

此后修平又给加贺上了几次酒菜，但加贺没再跟他说话，像在享受一个人的晚餐。

修平见状反而感到坐立不安。这个刑警今晚到底为何来这里？有什么企图？应该不只是为了享受美食。

"这是将小松菜和高汤和在一起做的，上面撒了干鱼子。"

修平一边将盘子放到加贺面前,一边观察他的表情。加贺只说了句"这个做法少见啊",便要动筷子。修平转身准备离开。

这时,加贺说道:"上面有三个人的指纹。"

修平惊讶地"啊"了一声,转过头去。加贺正看着他,一边夹起菜放进口中。

"真有意思,虽然是菜泥,但还保留着小松菜的味道。要说理所当然,也确实如此。"

"指纹……指纹怎么了?"

加贺并未马上回答,而是煞有介事地喝起酒来。

"在盛人形烧的盒子上发现了三种指纹。一种是死者的,一种是店员的,至于另外那一种,警察认为很可能是送给死者人形烧的人留下的。从现在掌握的情况看,那个人很可能就是凶手。"

听到凶手这个词,修平的心乱了,表情开始僵硬。他的演技还不足以掩饰这一点。"那……那不是我买的人形烧。"

"嗯,你的全都吃掉了,对吧?"

修平连连点头。

"你还年轻,工作时想吃点点心可以理解。但听老板娘说,那个时间你应该在外面泼水。你把人形烧放到哪里了?要是被店里的人发现了肯定不好,而且你的上衣也没有口袋能装下。"

"我……我……放在自行车的车筐里了。"

"自行车?"

"料亭旁边的小巷里停着一辆自行车,我放到那里了。洒完水,我就拿进了料亭。"

不知加贺是否在想象当时的情景,他看着一旁,沉默不语。不久他抬起头来,说道:"原来是这样,看来偷偷吃点心也不容易。"

"您还有事吗?"

"没有了,而且我记得好像不是我叫住你的。"加贺说完,把拿筷子的手举了起来,"我再告诉你最后一件事。塑料盒上第三种指纹不是你的。"

修平瞪大了眼睛。"我的指纹?啊,什么时候……"

"这自然有办法……"加贺咧嘴笑了起来。

修平忽然明白过来,皱起眉头。"那罐咖啡……"

他这才明白加贺当时为什么要劝他喝咖啡。刑警们最主要的目的不是要看他会选择有糖还是无糖的咖啡。

"真卑鄙……"他不由得小声嘀咕了一句。

"因为我们是刑警啊。"加贺喝完了杯中的酒。

此后,直到修平端上甜点,加贺都没再跟他说话。修平也尽量不看他的眼睛。

加贺离开后,修平将餐具端回厨房,被赖子叫住了。

"那个日本桥警察局的刑警好像问了你不少事。"

"他是日本桥警察局的?"

"听说最近才调来。他问了什么?"

修平稍一犹豫,便决定毫不隐瞒地将两人的对话告诉老板娘。他想,只要不把自己将人形烧交给泰治的事说出来就好。

"是这些事啊。他为此特意来吃饭的吧。"

"我该怎么做?"

"别担心,反正也没发现你的指纹,没什么问题。对不起,把你叫住了,你快接着收拾吧。"赖子说完便转身离去。

44

4

修平像往常一样在厨房洗餐具时,泰治慢吞吞地出现在面前。看他的样子,今天晚上好像还没喝酒。

"修平,别干活了,陪陪我。"

"去哪里?"

"你别管,来了就知道。赶快做好出门准备。"

"但我还没收拾完……"

"老板都说没关系了,你老老实实听话就行。能快点吗?我在门口等你。"

"是。"修平慌忙擦了擦手,走出厨房。

泰治还是第一次跟修平这么说。他到底想让修平陪他去哪里?修平不安地来到外面。

"这是什么啊……你就没有像样的衣服?"泰治看着修平的打扮,皱眉说道。

"对不起,我只有这个。"修平穿着T恤衫和牛仔裤,"我去换一下?"

"算了,就这样吧,赶紧跟我走。"

走到大路上,泰治叫了出租车。修平听到他说"去银座",不由得打了个冷战。

"真是的,银座有什么好怕?"泰治笑道,"你小子迟早也要掌厨,也得了解一下成年人的世界。"

"哦。"

"别担心，我不会让你付钱的。"泰治哈哈大笑。

出租车在一条流量很大的街上停了下来，周围的行人都是上班族模样的男人，还有一些风尘味十足的女子。在人形町也能看到类似的情景，但修平还是第一次亲身体验这么繁华的地方。

"怎么了？别发呆，跟我来。"

在泰治的催促下，修平快步跟上。

两人走进一家位于一幢高楼六层的夜总会。宽敞的大厅里有很多客人，穿梭其间的女人们个个妩媚动人，容光焕发。修平心想，这完全是另一个世界。

一个黑衣男人将泰治和修平带到一张桌子旁边。不久，一个穿礼服的女人走了过来。她的头发盘在头顶，脸形小巧。

泰治向她介绍了修平，女人自称浅美。

"十七岁？这么年轻就想当厨师，真棒！哎呀，你还不能喝酒吧？"女人停下了正在调酒的双手。

"啤酒应该没关系。作为未来的厨师，滴酒不沾可不行。"

修平全身僵硬。他完全不知道在这种地方该怎么做，也不知道该说什么。

有人叫浅美，她起身离开。泰治朝修平招招手。"过来一下。"

修平坐到泰治旁边，泰治贴在他耳边说道："浅美就是我的女人。你帮我买的人形烧就是送给她的。"

"啊……"修平吃惊地看着泰治。

"我听老婆说了，日本桥警察局的刑警老是问你人形烧的事情。别担心，我跟那个凶杀案没有任何关系。"

"我没担心……"

"别掩饰了,你肯定怀疑那个被杀的半老徐娘是我的那个。"泰治竖起小指,"这的确是个奇怪的巧合。浅美就住在发生凶杀案的那栋公寓。"

"啊,是吗?"

"所以才让人烦。但那件事和我没关系,别担心。"

修平点点头,他觉得泰治不像在说谎。"可那个刑警为什么会来找我呢?"

"我也不知道。反正有些刑警经常缠着跟案子无关的人。"

浅美回来了。"你们嘀嘀咕咕说什么呢?"

"男人之间的事。对了,浅美,我的私生子还好吗?"

泰治说完,修平惊讶地张大了嘴,扭头看着他们两人。

只见浅美扑哧一笑,说道:"很好啊。他还说想早点见爸爸呢。"

"是吗?哦,那你代我向他问好。"

修平没能理解大人间的玩笑。盛着啤酒的玻璃杯放在修平面前。他端起喝了一口。

修平不是第一次喝啤酒,但银座夜总会里的啤酒感觉很苦。修平觉得那就是成年人的味道。

5

赖子在柜台最右边她每次都坐的位置坐下,叹了口气。叹息中包含着平安度过一周的安心感和换下和服后的解脱感。

服务生走到她身旁。她微笑道:"跟以前一样。"年轻的服务生会意地离开了。每周六晚,赖子必来这个酒吧。这里位于一家酒店的地下一层。人形町也有很多古朴而有情调的酒吧,但她不想在周六晚上见到熟人。

"让您久等了。"服务生在她面前放了一小杯苦味杜松子酒。她不喜欢甜鸡尾酒。

她拿起酒杯,忽觉有人走近。

"不愧是老店的老板娘,喝这么烈的酒。"

赖子闻声便能想起那人的样子。那个声音没听过几次,但铿锵有力,令她印象颇深。

她转过头,发现正是想象中的面孔。

"我想跟您一起坐一会儿。"加贺面带笑容。

赖子也笑脸相迎,对他说:"请便。"加贺穿着黑色夹克。

"一杯黑啤。"他对服务生说。

"您今天喝酒,看来没有公务在身啊。"赖子说道。

"当然。解开了案件的一个谜团,决定举杯庆祝一下。"

"哦,您一个人?同事呢?"

加贺轻轻摇了摇头。"不是值得大家一起庆贺的事,也就相当于把丢失的狗找了回来。"

"狗?凶杀案和狗有什么关系?"

"不清楚。但可以确定,那条狗不是凶手。"加贺一脸严肃地看着赖子。

"贵局局长偶尔会光顾敝店,前几天还和别人来过呢。"

"哦。我以前所在的警察局局长也一样。局长们就是喜欢酒宴,要是说起当地的知名料亭,他们知道的比网络还详细。"

赖子笑了起来。"当时局长说,这回从别的地方挖来一个有意思的刑警。我问他怎么有意思,他说那人头脑聪明,但脾气古怪顽固。他说的是不是您?"

"这我可不知道。"

服务生将黑啤放到加贺面前。他端起酒杯,做出干杯的姿势。"今天辛苦了。"赖子也边说"辛苦了"边举杯致意。

停顿了几秒,加贺呼出一口气。"老板娘不仅穿和服漂亮,穿套装也很有气质。不管穿什么,您都非常成熟。"

"您别拿我开玩笑了。"

"我没拿您开玩笑,而是在挖苦。"

赖子闻言放下了酒杯说道:"什么意思?"

"我想说,您也有孩子气的一面,有时也会搞点小小的恶作剧。"

"加贺先生,"赖子将身子转向刑警,"您想说什么请直说。我也是江户人,受不了拐弯抹角的说话方式。"

"请见谅,那我就直接进入正题。是关于小传马町凶杀案的。"

"莫非我们家和那个案子有牵连?"

"您听我慢慢说。前几天我跟您说过,我们在案发现场发现了剩下的人形烧,却不知是谁买的。塑料盒上留下了三个人的指纹,其中两个分属死者和店员,另一个则来源不明。"

"这件事我听修平说了。指纹不是那孩子的吧?"

"对。"

"那我就不明白了,您为什么总缠着我们店?买人形烧的顾客很多,同时买了带馅儿的和不带馅儿的也不止修平一人,按道理您应该也调查一下其他人。"

"关于这件事,接下来我会说明。您说得对,同时买了那两种人形烧的顾客不止修平一人,盒子上的指纹也不是他的,所以警视厅并没关注他。本来他们就没把买人形烧的人当成重点侦查对象。"

"啊?"赖子惊讶地半张着嘴。

"在死者房间里发现了几处擦拭过指纹的痕迹。"加贺自得其乐地说着,喝了一口黑啤。

"怎么回事?"

"凶手擦拭过自己印象中用手接触过的地方。如果送人形烧的人就是凶手,他不可能忘掉那个塑料盒,但盒子上没有擦拭过的痕迹。"

"原来如此。"赖子点点头,看着加贺黝黑的脸,"您为什么关注人形烧?要是和案子没有关系,您管它是谁买的呢!"

"但警察不能那样做。那里为什么会有人形烧?只有弄清楚每一件事,才能辨明真相,即便没有直接关系也应如此。"

赖子的酒杯空了。她叫来服务生,又点了一杯同样的酒。

"修平说他把人形烧都吃了。真没想到他工作期间还去买东西吃。"

"您要是责备他,他就太委屈了。他没吃。"加贺笃定地说。

"所以我才问您为什么能够断言。那不是很奇怪吗?"

"老板娘,您这问题有一半是出于认真的吧。修平买的人形烧出现在死者的房间里,您认为这件事很奇怪,对吗?"

赖子有点慌乱,因为她的心思被对方猜了个正着,但她很快恢复了平静。"我已经说了,您有话就直说。"

加贺紧紧盯着赖子的眼睛,慢慢点了点头。"那我就先说结论吧。我能断言案发现场的人形烧是修平买的,是因为其中一个人形烧上有个记号。您应该知道那是什么记号吧?"

赖子咽了口唾沫，移开视线。

加贺扑哧一下笑了起来。"鉴定科的人百思不得其解，不明白里面为什么会有那东西。我听说后也很吃惊，竟然有放芥末的人形烧。"

赖子的酒来了。她端起酒杯，对着加贺微笑。"听起来很有意思。我不打断您，您慢慢说。"

"好啊。我也再来一杯。"加贺把酒杯放到柜台上。

赖子从口袋里取出香烟和打火机。她只在这个酒吧里抽烟。自从当上老板娘，她就不在别人面前抽烟了。

"案发现场剩下的人形烧中，有一个里面放着芥末，就像娱乐节目里的惩罚游戏。而且从外观上看，好像是将人形烧切开放入芥末后，又用淀粉糊上了切口。不用说，店里不会卖那种东西，应该是有人做了手脚。是死者本人，还是将人形烧送给死者的人，或是别人？在这里，有一条科学信息很有用。鉴定结果表明，这个放有芥末的人形烧比其他的制作得要早。具体来说，就是水分已经流失，变得有点硬。鉴定人员认为，这个人形烧从制成到案发时已经过了一天。也就是说，案犯——当然只是将芥末放进人形烧的案犯，没有将芥末放进刚买来的人形烧，而是事先准备好，然后掉包，因此可能有人连续两天买了人形烧。于是，我便去了那家店询问店员，那天同时买带馅儿与不带馅儿的人形烧的顾客，有没有人前一天也来过。店员说没有，可他告诉了我一件很有意思的事。"

第二杯黑啤放到了加贺面前。他像是为了润润嗓子，喝了一口，用手背擦去沾在嘴角的泡沫，看着赖子。"松矢料亭的小伙计只在那天买了人形烧，但前一天老板娘来买了。不愧是老店的老板娘，人形町没人不认识你。"

赖子将烟头放在烟灰缸中摁灭。真是个聪明的警察！赖子心想，可他为什么会待在日本桥警察局这种地方呢？他一定取得过不少成绩。

她决定放弃，已经瞒不下去了。"原来如此。您的目标不是修平，而是我。"

"问他一些事情也是有必要的。当然，我已经猜出他是替您丈夫买的了。在那个时间段，只有您丈夫有空。至于人形烧是在何时被掉的包，只有问修平才知道。"

"您已经知道了？"

"很可能……"加贺点点头，"交给您丈夫之前，他把人形烧放在巷子里的自行车上。那里有个侧门，要是有人知道他有这个习惯，应该很容易掉包。"加贺边说边用试探的眼神看着赖子，"把芥末放进人形烧的人是您吧？"

"事到如今，不承认也不行了吧？"

"要是不承认，我就要取您的指纹。"加贺说道，"跟塑料盒上的第三种指纹对照。"

赖子叹了口气，又点上一支烟。"我认输了，加贺先生。您说得没错。但这不算犯罪吧？"

"当然不算。"加贺点点头，"只是一个很可爱的恶作剧。您是为了吓唬您丈夫的情人吧？"

赖子扑哧一声笑了，吐出一个烟圈。"您都调查到这个地步了，想必也知道那个女人是谁。"

"要找到您丈夫的情人很容易，到他常去的店打听一下就行。世上口风不紧的人有千千万。那女人叫浅美吧？在银座上班，和这起凶杀案的死者住在同一幢公寓的同一层。"

"那是个坏女人，可我那个傻老公就是拿这样的女人没办法。那女人有孩子吧？"

"有，一岁左右。"

"她说那是我老公的孩子。要是因此沉迷其中倒是还能理解，关键是我那傻老公竟然还高兴得不得了，一有空就到她家去看孩子，还给他零花钱，真是个冤大头。"

"您的意思是……"

赖子喝了一口酒，耸耸肩。"那都是胡说，那不是我老公的孩子。不久前我雇侦探调查了，那女人上班时都将孩子交给一个住在上野的男人照看。那人才是孩子的父亲。"

"他们为什么不住在一起？"

"那就没法从我老公身上赚钱了。她明白迟早会露馅儿，只想在那之前多捞一些。"

"原来如此。"加贺挠挠头，"所以您在人形烧里放芥末，想警告她？"

赖子笑了。"您很厉害，但在这一点上还是猜错了。这也难怪。"

"猜错了？"

"我是想让我那傻老公吃芥末人形烧。人形烧中七个有馅儿，三个没有。我老公不喜欢吃带馅儿的，所以买了不带的准备自己吃。"

"于是您在不带馅儿的人形烧里放了芥末……"

赖子点点头，将烟灰弹进烟灰缸。"我老公应该知道那孩子不是自己的，他根本不能生育。"

加贺拿酒杯的手忽然一抖，说道："是吗？"

"去医院看过，确定无疑。但我老公没跟那女人说。他大概觉得不能抛弃依靠自己的女人，而且也想体会有私生子的感觉，即便明知这只是一个暂时的谎言。我老公表面上大大咧咧不务正业,其实很胆小,和那女人也就是在碰巧高兴时有过一两回而已。"

加贺长出一口气。"您很生气吧?"

"就是有点着急。他还以为自己的老婆什么都不知道,所以我才想敲打敲打他,往人形烧里加了芥末。就像您说的,是个孩子气的恶作剧。"

"但您丈夫现在还不知道您要敲打他。他不知道芥末人形烧,甚至不知道送给情人的人形烧出现在凶杀现场。"

"这一点我也不明白,为什么那些人形烧会出现在凶杀现场呢?我怎么都想不明白。"

加贺脸上浮现出一丝苦笑,摸了摸下巴上新长出的胡茬。"浅美承认将人形烧送给了死者,但没有说是谁送给她的,只说是一个店里的常客。"

"她为什么送给别人?"

"这个嘛……"加贺好像有点难以启齿,皱了皱眉,"她不喜欢。"

"啊?"

"她不喜欢和式点心。不管有没有馅儿,她都不吃。但有一次为了附和您丈夫,她说喜欢人形烧,结果您丈夫就经常送来,让她很为难。那天她终于忍受不了,在门口接过人形烧后,立刻连塑料袋一起送给了一个住在同一层的女人,所以盒子上没有她的指纹。您丈夫和修平的指纹因此也没有留在盒子上。"

"哎呀,我也被骗了。"赖子按了按太阳穴,"而且他只给她送了人形烧,连家门都没进。真是的,一想到还要跟这个傻老公过上几十年,我就头疼。我得跟修平说,不能再买人形烧了。"

"看来真是委屈他了。我对他也欺负得有些过头,正在反省。但他真了不起，最终都没把您丈夫让他做的事情说出来。"

"那孩子有前途。做菜的手艺谁都能练出来，但口风紧对于我们这些做服务业的人来说是至宝。"

"那么，我们为了将挑起松矢料亭大梁的未来之星干杯吧。"

"在那之前，只要料亭不被我那傻老公搞破产就好。"

赖子抬手叫服务生上酒。

第三章 陶瓷器店的媳妇

第三章　瀬戸物屋の嫁

1

"这个白伊贺鲇皿为什么会在这里？这里都是黑备前。[①]又搞错了。得让我说多少遍啊，真是的！"铃江一边重新摆放柜子上的陶瓷餐具，一边嘟囔。

尚哉举起报纸遮住脸，假装没听见。刚从公司回来就要听她发牢骚，简直让人受不了。尚哉心想，要是有个顾客进来就好了。但来往的行人中没人像是要停下脚步。按照常理，在这样的暑天，谁都会选择去有空调的店里凉快一下。但他家的店大门敞开，只有一个破风扇在他身后旋转。

"至少装个空调吧，否则都没有顾客愿意上门了。"麻纪前几天也这么说。她去年秋天嫁进他家，今年是第一次在这里度夏。

"大门敞着，装空调也不顶用。"当时铃江这样回答，只是这句话是跟尚哉说的。铃江和麻纪即便在对话时也很少正视对方。

"关上门就行了。反正是玻璃门，从外面能看见，凉气也不会跑出

[①]伊贺和备前均为日本陶瓷器的重要产地，白、黑分别指陶瓷器所属的色系。鲇皿为日式料理使用的一种长方形盘子。

去。"麻纪也看着尚哉说道。

他"嗯"了一声，点点头。

铃江不甘示弱："要是把门关上，顾客就不好进来了。而且玻璃门外也摆着商品呢，那些又该怎么处理？难道要收回店里，然后哐当一下关上门？要是那样，人家会以为我们柳泽商店关门了呢。"

"但好不容易有个顾客进来，也会因为太热不愿多看，马上就想走。"

"没那回事，不是所有顾客都喜欢空调。也有客人说一听到我们家的风铃声，就感到凉快了许多呢。"

"那都是些老年人。"

"像我们这样的店，老年顾客才是最重要的。"

两人把尚哉夹在中间，你一言我一语地拌嘴。这时他不能替任何一方说话，只好缩着脖子，唯唯诺诺。但那两人不会容忍他的沉默，最终会一起逼过来，同时向他发难："你倒是说点什么啊。"

"真受不了。"尚哉挠挠头，满脸堆笑地转向她们，"让我想想，总之先吃饭吧。"

婆媳俩随后都沉默不语，在沉闷的氛围中默默吃饭。这是柳泽家最近经常出现的场景。

尚哉也想解决这件事，却想不出好主意。他向年长的同事咨询。

"那不可能。"同事立刻回答，"男人解决不了婆媳间的矛盾，事情没那么简单。你能做的就是倾听各自的说辞。只要默默听就行，一定不要反驳，不然只会火上浇油。听完就做出理解的表情，说她有道理，说得对，然后告诉她会找机会把她的想法转达给另一方。当然，千万不要真去转达。总有一天，她还会责问你，事情办得怎样了。到时你就要忍，让她们把矛头指向你。你能做的只有这些。"

"真残忍。"当尚哉痛苦地感叹时，同事拍了拍他的肩膀，说道："你娶了一个那么年轻漂亮的老婆，要受得了这种苦才是啊。"

尚哉为家里的婆媳矛盾烦恼，但并没博得大家的同情，而且很多人都嫉妒他跟麻纪结婚。

尚哉是在六本木的一家夜总会认识麻纪的。麻纪当时是女招待，尚哉和朋友一起光顾了那家店。

麻纪穿着浅蓝色的迷你裙，和深色的皮肤搭配得恰到好处。她不是美女，但妩媚动人的眼睛给尚哉留下了深刻印象。她很擅长与人交谈，即便话题谈不上有趣，她也总是睁大眼睛认真倾听。她开朗，表情丰富，笑声清脆悦耳。

离开时，尚哉已对麻纪着了迷。此后两天，他都一个人去了那家店。他工资不高，但一直住在母亲家，几乎不用花生活费。他这种年龄的人一般不会有太多存款，他却存了不少。他觉得把存款用在麻纪身上很值。

"你这家伙，一个拿着微薄工资的上班族，难道想娶夜总会的女招待？算了吧，算了吧。那不可能。你要是有闲有钱，还不如去找妓女。"

跟他一起去夜总会的朋友皱着眉头劝他。但他听不进去。他觉得无论跟谁说都会得到相同的答案，干脆对谁都不说了，一个人偷偷去那家店。

然而，麻纪也对他提出了忠告："柳泽先生，您来得这么频繁，钱很快就会花光吧？而且一个人来也不能把开销算成招待费。"

"没关系，你别看我这副模样，还是有点存款的。"

"即便如此，您总这样也会把家底花光呀。"

"可我要是不来，就见不到你啊。"尚哉鼓足勇气说道。

他的话奏效了，麻纪对他说："那我们就在周末约会吧。"

一开始尚哉还以为麻纪在开玩笑，没想到竟然是真的。麻纪发邮件问他什么时候约会。

他们第一次约会是在东京迪斯尼乐园。阳光下的麻纪比在店里时更加纯真而充满活力。麻纪说，自己隐瞒了真实年龄，她已经二十四岁了。尚哉认为不必隐瞒，但她表示，虽然只隐瞒了三岁，但不仅顾客的态度不同，得到的待遇也不一样。

尚哉觉得大三岁无足轻重。能和她约会，他就已经非常高兴了。

约会了几次后，尚哉开始想完全拥有她，不仅想让她做自己的女朋友，还强烈希望她辞去夜总会的工作。

一天，他直截了当地提出要求，麻纪听后一脸为难。"可我干不了其他工作啊。我不想做什么办公室职员，工资也肯定没有现在高，那样连房租都付不起。"

她一个人住在五反田。尚哉去过几次，一般的女白领的确付不起那里的房租。

"要是那样……"尚哉做了个深呼吸，说出了原本没打算在那天说的话。他求麻纪嫁给他，和他一起生活。

麻纪先是惊讶，继而羞涩，最后流着泪抱住尚哉。当时两人在台场的露台上，周围人很多，但她视而不见。

几天后，尚哉安排麻纪和铃江见了面。当时氛围并不差，铃江对于麻纪在夜总会工作有点抵触，但并不反对两人结婚。尚哉还信心满满地认为，一切会非常顺利。

对于要和母亲住在一起，以及要帮母亲打理陶瓷器店，麻纪完全不讨厌。她早就知道尚哉的母亲在做买卖，因此在答应尚哉求婚时就做好了心理准备。

三个月后,两人在一家西餐厅举行了婚礼。所有出席婚礼的尚哉的同事都对新娘高水准的亲友团惊叹不已。这也难怪,亲友团的成员几乎都是女招待。

一切都很顺利,麻纪也开始乐呵呵地在店里帮忙。

但好景不长,形势发生了逆转。导火线是一块抹布。

那是在去年年底。尚哉从公司回到家,发现铃江板着脸坐在店门口。尚哉问麻纪在哪里,她气呼呼地说不知道。

尚哉不知发生了什么,走回房间,发现麻纪正在哭,手里还握着一块抹布。尚哉问她怎么了,她将手中的抹布摊开。

"你看啊,这个。"

尚哉看了一眼,立刻就明白大事不妙。

抹布是用剪开的毛巾叠在一起缝成的,其中有一块不该使用的白毛巾,上面画着 Hello Kitty。尚哉知道,麻纪从小就非常喜欢 Hello Kitty,一直在搜集相关产品,那块毛巾就是其中之一。她不可能把毛巾缝成抹布,肯定是铃江干的。

尚哉拿着抹布找到母亲,责问她为什么这么做。

"什么为什么啊。年底大扫除需要很多抹布,所以我才缝了。"

"我不是说那个,是说您为什么偏偏用这条毛巾。家里不是有很多毛巾吗?"

"你不知道啊,不是什么毛巾都能当抹布,要用过一段时间的才行,那条正好啊。"

"但这是麻纪最喜欢的毛巾,您不该用。"

"所以我跟她说用新毛巾就好。年底时别人也送了毛巾,新毛巾用着也舒服。"

"不是那么回事。麻纪喜欢这个花纹,Hello Kitty 才是最关键的。"

"真啰唆!我才不知道什么Kitty不Kitty呢,不就是一只卡通猫吗?一个大人,怎么能为了一两张小猫图大吵大闹!"

铃江并没意识到错误,完全无意向儿媳妇道歉。若麻纪不再追究也就罢了,但生来争强好胜的她不肯善罢甘休。她向尚哉宣布,只要婆婆不道歉,自己就不理她。铃江听了也不甘示弱,摆出一副"你爱怎样都行"的架势。原本风和日丽的新婚生活顿时变得阴云密布。

2

麻纪提着超市购物袋回来了。她穿着牛仔裤和T恤衫,裤子的膝盖处有破洞。这种款式就是如此,但铃江完全不能理解。两周前,她就为这不像样的裤子生过一肚子闷气。

"真热啊!"麻纪用手扇着风走了进来,"一出超市就一身汗。"

"老婆辛苦了。"尚哉把风扇转向她。

"完全没风。"麻纪把汗水淋漓的脖子转向风扇,"所以那个令人自豪的风铃根本就不响,对吧?"

"啊……嗯。"

也不必故意这么说吧,尚哉心想。麻纪显然是说给铃江听的。

"我是不是该整理一下单据呢?"铃江说道,"重新摆放商品就花了很多工夫,晚上还有商业街聚会,真忙。真是的,一旦有个碍事的人,会给周围的人带来多大麻烦啊。"

麻纪吊起双眉。铃江看都不看她一眼，脱掉拖鞋走进里屋。

"什么？重新摆？"麻纪问道。

"说鲇皿的位置不对，白伊贺放到了黑备前那里。"

麻纪的表情顿时变得就像吃到了难以下咽的东西，她咬牙切齿地说道："什么白的黑的，不都无所谓嘛！为了摆得好看，我明明花了不少工夫。"

"每个人的想法不一样嘛。"

"可你以前不是说，我可以按自己喜欢的方式做吗？"

"嗯，可今天就给妈妈个面子吧。"尚哉双手合十恳求道。

麻纪撇撇嘴，看着尚哉说道："对了，空调怎么办？得赶紧定下来，三伏天马上就到了。"

尚哉不由得缩缩脖子，心想，又来了。

"嗯，我正考虑呢。"

"有什么好考虑的！天气这么热。难道你还打算听妈妈的？"

"不是啊。"

尚哉正找不到合适的理由搪塞，忽听一个男人的声音响起。"你好。"有人走了进来。

来得正巧，尚哉心想。

"欢迎光临。"

来人穿着T恤衫，外面罩着衬衫，大概三十出头。很少有男性顾客一个人到店里来。

"是柳泽先生吧？"来人分别了看尚哉和麻纪，问道。

"是的。"尚哉回答道。

"那柳泽麻纪女士是……"

"是我。"

来人闻言笑了起来,从裤子口袋里掏出名片。

看到名片,麻纪瞪大了眼睛。"您是警察?"

"啊?"尚哉惊叫起来,麻纪将名片递给他。来人是日本桥警察局的刑警,名叫加贺恭一郎。

"您认识三井峰子吗?"加贺问道。

"三井女士?不,不认识。"尚哉看看麻纪。

她略加思索,说道:"莫非是住在小传马町的那位……"

"是的,是的。"加贺连连点头,"您认识她?"

"她有时会来,怎么了?"

加贺表情严肃起来,盯着两人说道:"她两天前去世了。"

"啊……"麻纪吃了一惊,"怎么去世的?"她小声问。

"我们认为是他杀。她脖子上有勒痕。"

"他杀……"尚哉看了一眼麻纪,她惊讶得张着嘴。两人面面相觑。

"您说她有时来,具体间隔多久?比如每周来一次?"加贺问麻纪。

"不,"她摇摇头,"大概一个月一次。"

"最近一次是什么时候?"

"什么时候……"她看了看收银机旁的台历,"大概在一周前。"

"您还记得当时的情景吗?"

"记得,但没什么特别的。"

"你们说话了吗?"

"是的,说了一点。"

"如果不介意,请告诉我说话的内容。"

"说了什么……当时她来买筷子,说是要送人。但想要的筷子正好卖完了,她没买成就走了。"

"是给谁的礼物?"

"这我就不清楚了……"

"她想要的筷子现在还没货吗?"

"我们马上就订货了,但现在还没到,倒是有商品目录。"

加贺目光里充满了期待。"我能看一下吗?"

麻纪"嗯"了一声,取下收银机旁的商品目录,打开递过。"就是这个。"尚哉也看了一眼。那是套装夫妻筷礼盒,一双黑色,一双红色,上面都有用天然贝壳做的樱花花纹。

"真漂亮。"加贺说道。

"这种礼盒非常受欢迎,到了结婚的旺季尤其畅销。"

见麻纪答得熟练,尚哉觉得她已经习惯了店里的买卖。但要是铃江听到,肯定又会愤愤地说:"哼,来了还没一年,倒真敢说!"

加贺说了声"谢谢",把商品目录还给麻纪。

"呃,警察先生。"尚哉忍不住插嘴,"您来我们店里,莫非我们店和凶杀案有牵连?"

"没有,没有。"加贺摆摆手,恢复了笑容,"我在打听三井女士最近去过的店。夫人,您还能想起别的吗?"

"这个嘛……"麻纪不置可否地歪了歪头。尚哉无法理解这个刑警为何如此固执。

"刚才给您的名片背面有我的手机号,如果您想起什么,请给我打电话,不管是多小的细节都没关系。"加贺目不转睛地盯着麻纪说道。

"我知道了。"

"百忙之中打扰了,多谢。"加贺又看了一眼两人,走了出去。

3

尚哉找出旧报纸,查看凶杀案的详情。死者叫三井峰子。尚哉只在周末看店,完全不认识这个女人。

"她很漂亮,一点都看不出有四十五岁,我一直以为她就三十多岁。竟然被杀了,真可怕!"麻纪边吃菜边感慨,"她是个好人,还给我买过冰激凌。"

铃江去参加商业街聚会了,晚餐只有他们两人。尚哉很久没有感受过这种温和的氛围,啤酒也感觉好喝了许多。

"那个刑警为什么会来我们家?"尚哉歪着脑袋表示不解。

"他不是说了,他在寻找三井女士去过的店。"

"但为什么来我们家?是不是有人跟他说,她上周来过这里?可报纸上说她一个人住。"

"大概因为有收据吧。"

"什么时候的?上周她不是什么都没买吗?"

麻纪想了想,似乎放弃了,耸了耸肩。"不知道。管它呢,反正跟我们家无关。"

"这倒是。"尚哉夹起一块咸萝卜放到嘴里,喝干了杯中的啤酒。忽然,他想起一件事。"那个刑警知道你的名字。"

"啊?"

"他问过柳泽麻纪女士是不是你。"

"是吗……"

"对。你不觉得奇怪吗?如果只是寻找三井女士去过的店,他不可能知道你叫麻纪。真奇怪!"

"说这些也……"麻纪开始收拾餐具。

"他怎么会知道你的名字?难道在三井女士的房间里发现了写着你名字的什么东西?"

"哎呀,我都说了,你问我我也不知道。"

尚哉正抱着双臂苦想,只听门口传来一个声音:"我回来了。"是铃江。尚哉立刻没心思想凶杀案了。他看了一眼麻纪,她刚开始在水池旁洗碗。

"听那些老头子讲话真烦人。"铃江揉着肩膀走了进来,"说什么主页,完全听不懂。他们也不太明白。"

"辛苦了。吃饭了吗?"

"吃了一点,再吃点茶泡饭吧。"她说着坐在饭桌前,看到咸萝卜,吃惊地皱起眉头,"这是……"

"这是麻纪腌的,很好吃。"

"我还是算了。她应该知道我牙不好,不吃硬东西,还故意做这个。"

"妈……"尚哉皱起眉头,但铃江若无其事地开始沏茶。

麻纪从厨房里走出,一言不发地撤下盛着咸萝卜的盘子放进冰箱,然后便走了出去,上楼时发出很大的声音。尚哉叹了口气。

铃江拿起旁边的报纸。"咦,这不是前天的报纸吗?为什么会在这里?她连收拾家务都不会吗?"

"不,是我特意找出来的,想查个东西。妈,您听说小传马町的凶杀案了吗?"

"什么?"

见铃江摇头，尚哉说起了白天发生的事情，但没说刑警知道麻纪的名字，觉得还是不说为好。

"这么一说我想起来了，'刻剪刀'的老板也说刑警找过他。"

"咦？"

刻剪刀是始创于江户时代的刀具专营店，经营由专业工匠手工制造的剪刀、菜刀和镊子之类的商品。他们不仅销售，还提供研磨修理服务。

"据说那女人在被杀前去过刻剪刀。买了什么来着……啊，对了，买了一把厨剪。"

"然后呢？"

"嗯，刻剪刀的老板说，那个刑警一个劲地问关于那个女人来买剪刀的事情。比如她是不是常客啊，说没说买厨剪的用途啊之类的。"

"老板怎么回答？"

"他说以前没见过这个顾客。至于为什么买，卖家不会知道。"

"问题真奇怪。"

"对了，刻剪刀的老板说，厨剪很便宜，到处都能买到，她却特意来买手工制造的，应该是个很讲究的人。可她看起来并不像那种人。"

"哦。"即便三井峰子买了厨剪，那又怎样呢？尚哉暗忖。他想不出这件事跟凶杀案有什么关系，只能认为警察们自有主张。

"听说被杀的女人四十五岁。"铃江喝了口茶，"年纪轻轻的，真可怜。人啊，什么时候会碰上什么事都说不准，只能在活着时享受生活，活得快乐些。"

"妈，您不是活得很快乐嘛。"尚哉说道，"下周还要去旅游吧？还是像往常一样和小歌①会的那些朋友去伊势?"

"去参拜伊势神宫,然后去志摩。我尤其期待志摩,听说那里的鲍鱼简直是极品。"

"那真不错。"

比起凶杀案,铃江似乎更愿意跟儿子说说有关伊势志摩旅游的事。尚哉发觉了这一点,站了起来。要是总在这里跟妈妈说话,又该被麻纪埋怨了。

4

尚哉供职于一家大型综合建筑公司,主要负责为买房者提供售后服务。在结束对东阳町新建独栋住宅的三个月例行检查后,他在回公司的途中顺便回了趟家。他把车停在人形町大道上,往店里看了一眼。铃江正在打电话,麻纪不在。

"要是有宣传册的话,能给我寄一份就好了。比如有什么东西……有伊势虾吗?哦,有些奇怪的东西啊。其他呢?松阪牛?那是什么啊……哦,那应该很快就能买到。啊,是吗?我知道了,谢谢。"铃江面朝电话,没发现尚哉走了进来。挂断电话后,她才看到尚哉,吓了一跳。"你怎么,这个时候……"

"我从这里经过,顺便回来看看。是在商量旅游的事情?"

"是啊。"

---

①日本声乐的一种,江户时代末期从江户短歌中分离出来,用三味线伴奏。

"那个……"

"她去美发店了,这次不知会染什么颜色呢。"铃江撇嘴说道。

尚哉经常感到不可思议,在他不在时,婆媳二人究竟如何交流呢?她们既然不面对面说话,铃江怎么会知道麻纪去了美发店?

"啊,欢迎光临。"铃江一脸热情地朝尚哉背后笑道。

尚哉回过头,只见昨天来过的那个刑警正走进来,手里提着一个小纸袋。

"昨天多谢了。"

"啊,是加贺先生吧?"

"是的。您还记着我啊。"

铃江心想"这是谁呢",抬头看了一眼尚哉。尚哉介绍是昨天提到的刑警。

"听说你也去过刻剪刀?"铃江看着加贺。

"都传开了?那就好说了。您也听说死者买了厨剪吧?"

"听说了。那又怎么样?"

加贺露齿微笑,略加停顿后说道:"您家有厨剪吗?"

"啊?"尚哉和铃江同时叫出声来。

"当然有。"铃江说道。

"对不起,我能看一下吗?"

"当然可以,可为什么要看呢?"

加贺不好意思地挠挠头,说道:"像我这样的辖区刑警能做的事,常常无法判断是否有意义。若厨剪与案件有关,我就会让和厨剪有关的人把厨剪拿给我看看,仅此而已。真是给您添麻烦了,对不起。"

铃江见加贺说话彬彬有礼,也就放下心来,说了句"请稍等",便走进里屋。

"真辛苦啊。"尚哉说道。

"是啊。"加贺不好意思地笑笑。

铃江回来了,手里拿着尚哉经常看到的那把厨剪。"这把很普通,不是刻剪刀里卖的那种。"她说着把剪刀递给加贺。

"还挺新的,刚买不久吗?"

"应该是在两年前吧。这种东西不容易坏。"

加贺道谢后将厨剪还给铃江。

"您夫人呢?"

"出去了,"尚哉回答,"去了美发店。"

"哦。啊,对了,您吃仙贝吗?"加贺把纸袋递给铃江,"要是您不介意,请收下。只是已经买了两天。"

"甘酒横丁那边的店吧?以前经常吃,可最近,你看啊,牙不行了。"铃江说完后看了一眼尚哉,"但孩子们应该会吃,我就收下了。多谢。"

"请好好保护牙齿。打扰了。"

加贺刚走出店门,尚哉就追了出去。"请留步。我想问点事,可以吗?"

加贺闻言一脸困惑地开口道:"问我?"

"是的。我从昨天开始就一直想着那件事。"

"哦。"加贺摸摸下巴,"那一起去喝点冷饮吧。"

两人走进一家自助咖啡厅,在二层靠窗的位置相对坐下。

尚哉直奔主题,问加贺怎么会知道麻纪的名字。加贺拍了一下桌子,摆出懊恼的样子,表情却并不沮丧。

"哦,我的确说出了您夫人的名字。当时我没想到会有这样的牵连,有些疏忽了。可这么一点失误都看得出来,您真是敏锐。"

"牵连？什么意思？"尚哉探身向前，"难道和麻纪有关？您要看我家的厨剪，这也很奇怪。请不要瞒着我。"

见尚哉如此着急，加贺伸出手，示意他少安毋躁。"没那么严重。我明白了，那我就告诉您吧。起因是在死者房间中发现的一把厨剪。"

"又是厨剪？"

"厨剪是新买的，刻剪刀的包装都还没拆掉，我们正是因此生疑。死者的房间里有一把厨剪，也不算旧，可她为什么又买了一把新的？若说是别人送的，但上面还贴着价签。一般送人东西时都要把价签撕下来的。"

"不错。"尚哉点点头。

"后来，我们在死者的电脑里发现了一封有趣的邮件，发送时间就在死者被害前。"加贺取出记事本，"是这么写的：'买了，六千三百元，下次给您带到店里。'一开始我也没想到是剪刀，因为一般的剪刀也不值六千三百元。但到了刻剪刀一看，我才发现六千三百元正是那把厨剪的价格。于是看了一下收件人的姓名，正是……"

"柳泽麻纪……"

"对。"加贺点点头，"收据上写着柳泽商店，因此我猜柳泽麻纪可能是店主的女儿或儿媳。遗憾的是您夫人并没收到那封邮件，她的手机好像设置成了拒收电子邮件的模式。因此死者应该是第一次给您夫人发邮件，她们可能最近才熟起来。"

"也就是说，麻纪托那位三井女士帮她买厨剪？"

"昨天我正是出于这个想法才去了您店里，但您夫人完全没提。我说的牵连就是因为这一点。"

"那您当时直接问她不就好了？"

加贺意味深长地笑了笑,喝了口冰咖啡。"刑警一般不会让人看出自己的目的。要是对方有所隐瞒,就要先缓一缓,看看情况。而且对方也可能有不便说的内情,比如家务事之类。"

听到"家务事",尚哉脑中闪过一个念头。"啊……"

"怎么了?"

"没事,没什么。"尚哉用吸管喝起冰咖啡。

"我不明白您夫人为什么会拜托三井女士。刻剪刀就在附近,她随时都可以去买。另外她为什么要买厨剪呢?刚才我也看了,您家的厨剪没什么问题。我本是想让她解释这些疑问,但又想或许有些话她不能当着您的面说。"

"原来如此。"

"您有什么线索吗?"加贺盯着尚哉。

尚哉叹了口气,说道:"就在刚才,我想起一件事。都说家丑不可外扬,可要是不说,又难以洗清嫌疑……"

"能说的您就说,不能说的不用说。"

"我知道了。说起来有点不体面,我们家正闹矛盾呢……"

加贺闻言面露惊讶。尚哉讲起麻纪和铃江间的矛盾,他其实也想找人倾诉。

"是婆媳矛盾啊。这与此事有什么关系?"

"您可能不知道,女人真是很麻烦。简单地说,她们两人都下厨房,却不愿使用同一把菜刀。所以我家不少厨具都有两套,一套老婆用,一套我妈用。"

"啊,是这样。"加贺点点头,露出恍然大悟般的表情,"所以她想买新厨剪。"

"我是这么想的。她不想让我和我妈知道,才托别人买。刻剪刀的人也认识她,很可能会告诉我妈。"

"嗯,我知道了,谢谢您告诉我这些。她们的关系真那么不好?"

"坏得不能再坏了。"尚哉撇撇嘴,"下周我妈要去旅游,那时我才能松口气,因此现在非常期待。"

"旅游?去哪儿?"

"伊势志摩一带,还说可以吃到鲍鱼,兴致勃勃的。麻纪听了又气鼓鼓的,说自己哪里都没去过。"

"鲍鱼……"加贺望着远方,陷入沉思。

5

两天后,尚哉晚上回到家,发现那两人已闹得不可开交。

她们并非扭打在一起。铃江坐在放着餐桌的起居室里,一脸恼怒地看电视,麻纪则在夫妻俩的房间里垂泪。

"到底怎么了?"尚哉问妻子。

"我没错,就是想收拾一下房间。"麻纪哭哭啼啼地说道,"我就是碰了一下她的信,没必要那么生气吧?"

她说打开针线包时,发现里面放着一个信封,收件人是铃江。她一看,铃江就生气了,怪她随便动别人的信。

"你没看内容吧?"

"没看。我怎么可能那么做呢?"

尚哉暗想"真是服了",来到楼下。铃江依然一脸怒气。

"妈，她就碰了一下您的信封，至于那么生气吗？真奇怪！"

铃江狠狠瞪了他一眼，说道："别说得那么轻巧，虽然是一家人，总还得有点隐私吧。"

"可她没看内容。"

"不是那么回事。我是说她不能乱碰。"

"可她也不是出于恶意。我听她说，那封信放在针线包里，她不知道是什么，就看了一眼。"

"所以我才不高兴。她平常明明一点针线活儿都不做。"

"她想给我的衬衫钉扣子。"

"哼，笨手笨脚的。"

"她练习后也进步了不少呢。反正，把信放在针线包里是您的不对。"尚哉忽然看见桌上放着一个灰色信封，"就是这封信吗？"

尚哉伸手要拿，铃江慌忙抢过。"你也不能看。我都说了，我也有隐私。"

"要是那么不想被人看到，就该藏好才是。"

"你怎么听不懂呢？我都说了不是那个问题。反正我没错。"铃江起身走进旁边的卧室，哗啦一声拉上了门。

尚哉叹了口气。他饿了，但看样子没人给自己做饭。他挠挠头，心想，吃点茶泡饭吧。

6

铃江明天就要去旅游了。尚哉走出了人形町站，时间比平常略早。

听到身后有人叫自己,他转过头,只见加贺走了过来。

"真巧,我正要去您家。"

"又有什么事?"

"也没什么,只是觉得还是跟您说一下比较好。您有时间吗?"

"现在?"

"就在那边,不会耽误很久。"加贺说完,不等回答便迈开步伐。

他们在刻剪刀的门口停下。玻璃门关着,但里面亮着灯。一头白发的店主坐在玻璃柜台后面。加贺打开玻璃门,店主笑脸相迎。

"每天都那么辛苦啊,刑警先生。咦,柳泽先生。"

"晚上好。"尚哉打了个招呼,他从小就与店主很熟。

刻剪刀是一家小店,只有一个L形的玻璃柜台,里面放着锋利的指甲刀和小刀等商品,像贵金属制品一样泛着光芒。

墙上也有玻璃展示柜。里面不是商品,而是江户时代流传下来的刀具,俨然一座小型刀具博物馆。

"老板,我跟您说的那个……"

加贺话音刚落,老板就微笑着从背后的箱子里拿出一把剪刀,长度不到十厘米,前端不是尖的,而是圆弧形的。

"这是什么?"尚哉问道。

"您夫人想买的其实是这把剪刀,不是厨剪。但被害的三井女士弄错了,才买了一个完全不同的东西。"

"怎么回事?"尚哉不解。

"老板,这种剪刀叫什么?"

老板将胳膊交抱在胸前。"也没有正式的名称,我们都叫它食用剪。"

"食用剪?"尚哉仍很疑惑。

"我想您夫人跟三井女士说的应该是这个名称,但三井小姐一听就误以为是厨剪。"

"经常有人弄错。"老板笑道。

"这到底是什么样的剪刀?"尚哉看着老板问道。

"把它放在兜里,吃饭时碰到硬的东西就剪一下,比如鱿鱼、章鱼之类。"

"还有鲍鱼。"加贺补充道。

尚哉不由得惊呼出声。加贺笑着点点头。

"没错。您母亲牙不好,但很期待这次旅游时能吃鲍鱼,所以您夫人才想把食用剪送给她。"

"这,怎么会……"

"昨天有个女人来买食用剪。我曾拜托老板,一有人来买这种东西就通知我。我就马上赶过来,这才有幸听那人说了一番话。"加贺说道,"您猜对了,那人就是您夫人的朋友,受您夫人之托来买剪刀。您母亲明天就要出门旅游,想必您夫人也是慌了。她现在应该已经拿到朋友替她买的食用剪。"

"麻纪……为了我妈……"

"柳泽先生,女人是很复杂的。表面上看起来关系不好,实际可能正好相反。当然也有表里一致的情况。作为刑警,我觉得女性的心理最难琢磨。"

"您带我来这里,就是为了告诉我这个?"

"或许您会觉得我多管闲事。"

"不,不。"尚哉摇头,"能知道真实情况真是太好了,感觉轻松了许多。但我该怎么对麻纪说呢?"

"您装成什么都不知道就好。对了,那鲍鱼……"加贺竖起食指,"您母亲期待的可能是烤鲍鱼块。那是当地特产,和生鱼片不一样,非常软,牙不好的人也能吃。"

"是吗?"

"这件事最好不要告诉您夫人。"加贺竖起食指放到嘴边。

尚哉到家时,店门已经关闭。麻纪正站在厨房里尝炖菜,铃江坐在桌边整理票据。他说了一声"我回来了",只有铃江答应了一声,麻纪没有转身,可能又在生闷气。尚哉担心,如此一来,麻纪颇费周折买来的食用剪也很难送给母亲了。

尚哉准备上楼换衣服时,发现走廊里放着旅行包,应该是母亲的行李。尚哉心想,或许麻纪已将剪刀送给了母亲。他偷偷打开包,只见里面放着装有洗漱用品和替换衣服的塑料袋,没有食用剪,看来麻纪还没送给母亲。

他正要合上包,忽见包内侧口袋里有个信封,正是前几天铃江藏起的那个。他好奇地拿了出来,发现是伊势志摩的特产店寄来的。

里面有一份宣传册。尚哉翻开册子,不由得笑了。

那是"伊势志摩限量版 Hello Kitty"的宣传册,印着伊势虾 Hello Kitty 吉祥物、松阪牛 Hello Kitty 手机链等商品的照片。

尚哉心想,那个刑警说得对。他不必担心麻纪会以怎样的方式将食用剪送给铃江,因为她们之间自有交流的手段。

第四章　钟表店的狗

第四章　時計屋の犬

1

店里虽有空调，米冈彰文的腋下依然汗水淋漓。每当他将全身注意力都集中到指尖时就会这样，所以他一向将替换的T恤放在店里。等工作告一段落就换衣服，他握着镊子想。

他终于把一颗只有一毫米粗的螺丝钉插进正确位置，喘了口气。这时，店门忽地开了。他心想，这个客人来得真是时候。如果自己正在做细活，会因惊吓而弄散零件的。

进来的是个男人，穿着一件T恤，外罩一件短袖衬衫，夹着一个小公文包，年龄大概比彰文大，三十五岁左右。他身体结实，脸上没有赘肉。见他面带微笑，彰文放下心来。但仔细看去，男人的目光异常犀利。

"欢迎光临。"彰文说道。

来人满脸笑容地摆摆手，又将手伸进后裤兜。"对不起，我不是来买表的。这是我的名片。"

彰文看了一眼名片，全身不由得僵硬了。此人是日本桥警察局的刑警，姓加贺。

"出什么事了？"彰文问道。

"嗯,有点事……"刑警答道,好像并不想对他详述,"这里有位寺田玄一先生吧?"

"有,是我的老板。"

这家店叫寺田钟表店。

"听说是这样。他在吗?"

"在里面,需要叫他吗?"

"麻烦了。"加贺笑了,露出一口雪白的牙齿。

店里有个小工作间,再往里是寺田家的住房。玄一正站在工作间里,面对一个正在拆卸的挂钟,双臂交抱,嘴撇成"へ"形。

"师父……"彰文叫道。

"是齿轮。"

"啊?"

"齿轮的齿掉了,而且掉了两个。"玄一伸手指着挂钟。

彰文看了看他指的位置,点点头。在结构复杂的齿轮组合中,有个齿轮正处于玄一说的状态。

"这不太难吧?"

玄一转动着瞪大的眼珠,抬头看着彰文。"为什么?"

"反正不是小齿轮,只要把齿焊上就行了。我也可以做。"

"你是傻瓜吗?"玄一声音低沉,"怎么将掉下来的齿焊上根本不重要,问题是它为什么会掉下来。"

"多年用下来不都会那样吗?"

"你既然知道,为什么还说不难?都掉了两个了啊。即便焊上这两个,也不能保证其他齿不会掉下来。还是因为别的什么呢?你认为如果再掉了就再焊上就行了?"

"……要把齿轮全都换掉？"

"至少得这样。"玄一再次将视线转向挂钟。

彰文明白了玄一为什么一脸为难。这个挂钟是古董，不可能找到零件，需要重新手工制造齿轮。彰文还记得顾客把挂钟拿来时的情景，说不想花太多钱。若是重新制造齿轮，修理费用便会增加。而且听玄一的语气，他还担心其他齿轮。看来又要和客人发生争执了。想到这里，彰文郁闷起来。

"啊，对了。有个警察来店里，说找您有事。"他递过加贺的名片。

"警察？什么事？"

"这个嘛……"彰文摇摇头。

"该不是那个浑小子做出违法的事了吧。"玄一慢吞吞地起身。

彰文跟在玄一后面回到了店里。加贺正盯着工作台上刚才彰文修理的钟。

"我是寺田。"玄一说道。

"百忙之中多有打扰。有点儿事想问您。"

"什么事？"

"您认识三井峰子女士吗？"

"三井女士？哦，是客人吧。"玄一挠了挠眼角。

彰文心想，没有叫这个名字的客人。

加贺摇摇头。"您应该认识。就是这位。"他从公文包里取出照片。

玄一戴上老花镜，接过照片。"哦，的确见过。咦，是在哪儿来着……"他小声说道。

"六月十号晚上六点左右，您去什么地方了？"加贺问道。

"六月十号？"玄一看了一眼墙上的挂历，"两天前？"

"师父，"彰文插嘴道，"六点左右，不是您带敦吉散步的时间吗？"

"啊？对，是散步去了，去遛狗了。我每天都五点半左右出去。"

加贺轻声笑了起来。"途中您没遇见什么人吗？"

"遇见什么人？"玄一张大了嘴巴，又看了一眼照片，"对，就是她！"

"您想起来了？"

"想起来了。散步途中偶尔会遇到。对了对了，她好像是说过自己姓三井。"

"她叫三井峰子，这么写。"加贺拿出一张便笺纸，上面用圆珠笔写着"三井峰子"，"您确实见过她？"

"见过，可也就是打了声招呼。"玄一把照片还给加贺。

"您是在什么地方见到她的？"

"这个……"玄一用试探的眼神看着刑警，"这到底是什么调查？我和那人见过面，有什么问题？"

"没有，只是简单确认一下。您能告诉我是在哪里见到三井女士的吗？"

"没关系，反正没什么好隐瞒。在公园。"

"公园？哪里的？"

"滨町公园，我遛狗的地方。滨町公园在明治座再往前一点——"

玄一正要继续解释，加贺露出不好意思的笑容，打断了他。

"不用说了，我对那里很熟。三井女士当时一个人？"

"嗯，一个人。我感觉她总是一个人。"

"你们说了什么？"加贺从口袋里拿出记事本。

"也就是打个招呼，没说什么。"

"当时三井女士打算去哪里？她说了吗？"

"这个……"玄一抱着胳膊,歪了歪头,"我没听她说起这些,看样子她只是在那里散散步。"

"她穿什么样的衣服?带行李了吗?"

"我不记得她的衣服了。她好像没带大件行李,但我不确定。"玄一皱起眉头。

彰文差点笑出声来。玄一不可能记得女人穿什么衣服。有时他目送妻子穿正装去参加同学会,还以为她是去超市买东西呢。

"那三井女士当时什么样子?"加贺并不失望,继续问道。

"您是指……"

"只要是您注意到的,什么都行。"

"也没注意什么。她当时看起来挺高兴的。"

"高兴?"加贺这才浮现出惊讶的表情。

"不,高兴还不准确,应该是享受,她好像很享受在公园散步。"

加贺点点头,把记事本放进口袋。"打扰您工作了。"

"可以了吗?"

"可以了。对了,"加贺看了一眼工作台上的钟,"这个钟很奇特啊,有三个表盘。"

"哦,那个啊,很少见吧?"

那个钟呈三角锥形,每一面上都有一个表盘。

"这些全都指向同一时间?"加贺问道。

"是的,三个表盘上的指针一起运转。"

"一起?"

"走不准时都不准,停的时候也一起停。"

"那可真厉害。"加贺又看了看钟,然后转向玄一和彰文,鞠躬致谢,

"多谢二位协助调查。"他说罢走了出去。

"怎么回事？真是个奇怪的刑警。"玄一瞪大了眼睛。

2

刑警走后不久，志摩子就回来了。她一只手提着购物袋，另一只手提着白色塑料袋。高大且微胖的她摆出如此架势，显得非常魁梧。彰文背地里将寺田夫妻称为巨人夫妻。

志摩子买了大福饼。她边说"我们喝茶吧"，边走进里屋。

几分钟后，她的招呼声传来。彰文走过工作间。工作台旁有一张小桌，上面放着大福饼和玻璃杯，杯中盛着大麦茶。下午三点是寺田钟表店的下午茶时间，这是从彰文工作以来形成的习惯。

"我倒是听说报纸上有小传马町凶杀案的报道。"得知有刑警来过，志摩子说道。

"听说？难道不是你自己在报纸上看到的？"玄一问道。

"我是在超市里听其他主妇说的。"

"哦，我想也是这样。"

"你这是什么意思？我也读报啊。"

彰文不管夫妻俩拌嘴，只顾查近期的报纸，很快找到了相关报道。小传马町发生了一起凶杀案，死者是一名独居的四十五岁女子。看到死者名叫三井峰子时，他不由得惊呼出声。

彰文把报纸拿给玄一，玄一咬着上唇，皱起眉头。

"那人竟然遇到了这种事，真是不得了！"

"她是怎样的人？"

"详细情况我也不知道。只是经常能碰见，打打招呼而已。"

"怎么四十五岁了还一个人住？为什么到了这个年纪还不结婚？"

"不，听说有孩子。"

"是吗？难道老公去世了？"

"这个嘛……我都说了，详细情况我也不知道。"

"她生前做什么工作？"

"你可真烦人！我都说了多少遍了，我不知道。"

"不是问你，我在自言自语。"

"你这样自言自语会让人误会的。"

"真是可怜啊。四十五岁的话，和我的年纪一样啊。"志摩子看着报纸，摇摇头。

"你不都五十多了吗？什么差不多啊。"

"四舍五入不就一样了。她的孩子多大呢？比香苗小一点？"

听志摩子说出香苗的名字，彰文加快了吃大福饼的速度。

"那又怎样？"不出所料，玄一的语气更加不耐烦了。

"没有要怎样啊，我只是说说孩子的年龄。"

"和那家伙没关系，不要提已离家的人。"

"我只是提了一下名字啊。"

"真烦人！我就是不想听到那个名字。"

不出彰文所料，气氛立刻紧张起来。他唯恐受到牵连，慌忙吃完大福饼，喝掉杯中的大麦茶。

第二天晚上七点后，加贺再次来到店里。玄一刚好带着敦吉散步回来。店里已经打烊，彰文正要回家。

"您确定是在滨町公园见到三井峰子女士的吗？"刑警的表情比昨天多了几分严肃。

"没错。"玄一答道。

"请您再好好想一想，无论是谁都有可能记错。请您再好好回忆一下当时的情况，的确是滨町公园？"

"刑警先生，您也真固执。我没记错。"

"是吗……"加贺还是一副不解的样子。

"对了，刑警先生，您怎么知道那天我见过三井峰子女士？我很纳闷。"

"我没跟您说？我们在死者的电脑里发现了一封没写完的邮件，上面写着'遇见了小舟町的钟表店老板'。"

"哦，邮件啊。"

"您确定在见到三井峰子女士的时候，她独自一人吗？请您好好想想。"

"是一个人。也可能有同伴，但我没看见。"

"知道了。地点是在滨町公园？"加贺紧紧盯着玄一。

"是的，在滨町公园。"玄一也瞪大眼睛看着他。

"您散步回来大概是几点？"

"七点左右。"

加贺说了声"我明白了，多有打扰"，便离开了。

"这个刑警真是莫名其妙。"玄一边自言自语边朝里面走去。

3

听见玻璃门打开的声音,彰文抬起头来,吃了一惊。又是加贺。他已经连续三天来店里了。今天他换了一件黑色夹克。

"您又来了啊。"

"对不起,有件事我始终不明白。"

"师父晚上才回来。"彰文说道。玄一今天去参加朋友的法事,要晚些回来。

"是吗?那可麻烦了。"加贺说道,表情中却没有为难的样子,"快五点半了,要遛狗了吧?莫非今天由夫人去遛?"

"夫人去买东西了,我去遛狗。"

"你?那店里呢?"

"关门。一般傍晚后就没人光顾了。我们六点后就会关门,专心修理。师父吩咐今天可以五点半关门。"

"哦。那我能跟你一起去吗?"

"遛狗?当然可以,只是按平常的路线走。"

"我就是想知道平常的路线。拜托了。"

见加贺恭敬地低下头,彰文不置可否地点点头。

到了五点半,彰文锁上门,从后门牵出敦吉,走到前门。加贺低头看着敦吉,眯起眼睛。

"是条柴犬啊,几岁了?"

"八岁吧。"

敦吉抬头看了一眼加贺，似乎马上对他失去了兴趣，将头扭向一边。玄一经常抱怨这条狗冷漠，其实他比谁都喜欢这条狗。

敦吉走了起来，彰文牵着绳子跟在后面。敦吉非常清楚走哪条路。

"敦吉这个名字真有意思，是你师父取的？"加贺和彰文并排边走边说。

"不，是师父的女儿。起初是师父的女儿提出要养狗。"

"他还有女儿？"

彰文心想，自己大概又多嘴了。但加贺是刑警，若想调查，肯定能查出来，瞒着也没有意义。

"前不久刚结婚，离家出走了。现在住在两国地区。"

"是她取的名字啊。"

"小姐取的名字是顿奇，但师父说家里不适合那种洋气的名字，擅自改为敦吉，不知不觉便叫开了。现在看来，敦吉的确比顿奇更合适。"

敦吉嗅着道路往前走，有时会像忽然想起来似的在路边撒泡尿。它似乎很热，舌头一直耷拉着。

走过日本桥小学后向左拐，左边有家以鸡肉为招牌的餐馆，然后再过人形町大道，进入甘酒横丁。这就是平常的路线。滨町公园就在前面。

然而，在穿过人形町大道时，敦吉停了下来，眼中流露出迷茫。

"咦，怎么了？"彰文小声说道。

"走错了？"

"不，应该是这边。"

彰文牵着绳子走进甘酒横丁时，敦吉也老老实实跟了过来，然后又自己走到前面去了。过了一会儿，道路中央出现了狭长的公园。这

"昨天我又来这里，询问遛狗的人是否见过三井女士，但没人见过她，却都记得寺田玄一先生带敦吉来过。敦吉在这里好像很受欢迎。"

"大概因为名字与众不同吧。"

"我正问着，寺田先生带着敦吉来了，我就藏了起来，然后才去了他家。"

"所以您才会在那个时间来。"彰文这才明白为什么加贺不停追问玄一有没有记错。

"因此我有点想不通。除了寺田玄一先生，再没别人见过三井峰子女士，这究竟为什么呢？"

"三井女士也是来遛狗的？"

"三井女士没有养狗。"

"那师父大概是偶然遇见她的。因为她没接近过其他养狗的人。"

"但还有一个疑问。"加贺从口袋里拿出一张叠起的纸。他打开纸，递给彰文。上面有几行电脑打印出的文字。

> 我刚回来。在那个广场上抚摩了小狗的头，这时又遇见了小舟町的钟表店老板。我们互相笑着说："真巧啊。"

"上面写着'这时'。那只小狗想必不是野狗。可见三井女士在遇到寺田玄一先生之前，应该是和一个牵着小狗的人在一起。"

"是啊。"彰文看了看那群养狗的人，"那是否可以认为，那个带小狗的人十号来过，昨天和今天没来？"

"我也这么想。目前还找不到那个人，那些人也都说没见过。据刚才那位老太太说，即便互相不熟，大家也大都认识来这里散步的狗。"

彰文很赞同。他偶尔像今天这样带着敦吉来散步时,总能感觉到大家的目光。

"刑警先生也真不容易,这么细微的地方都得调查。"

"什么工作都不容易,而且调查有时也是一种乐趣。"

"是吗?"

"比如说……"加贺故意吊人胃口般停顿了一下,"为什么人形烧里会放芥末之类的问题。"

"芥末?"

"今晚我要去一个料亭解开这个谜,所以穿了夹克。"

"啊,原来如此。"彰文附和道,但实际上完全不明白加贺的意思。

在公园里转了一圈后,他们开始往回走。

"浑小子是谁?"加贺突然问道。

"啊?"

"前天我去店里时,寺田先生在里面不是说了吗?"

"哦。"彰文想起来了,那时他正告诉玄一有刑警来访,"您听见了?"

"声音那么大,当然听见了。那浑小子是谁?"

彰文本不想说,但还是改了主意。他觉得若是跟刑警耍把戏,反而会更麻烦。"是小姐的结婚对象。"

"是女婿啊。"

"您要是这么说,师父会生气的。"彰文苦笑,"他们是私奔的。"

"私奔?"

"请不要说是我告诉您的。"

"嗯,当然。"加贺眼中浮现出好奇的目光。

4

寺田夫妇的独生女香苗今年刚高中毕业。她参加完毕业典礼后，便再也没回寺田钟表店。她在发给志摩子的手机邮件中写道："我要和喜欢的人一起生活，对不起。"

寺田玄一看后大怒，跑到附近的泽村家。他知道泽村家的长子秀幸就是香苗的男朋友。秀幸比香苗大两岁，他们读小学和中学时都同校，香苗上高中后，他们也经常一起玩，不久便成了恋人。玄一不喜欢秀幸，主要因为他大学没能毕业，也没找到固定工作。而且他高中时热衷骑摩托车，还撞伤过人。玄一至今认为他曾是黑社会的。

"跟谁都没关系，就是不能跟那小子！"玄一向香苗宣告。

但现在的女孩不可能服从这种命令。香苗一直偷偷跟秀幸约会，不久，他们便约定等香苗高中毕业后便一起生活。

玄一到泽村家大吵大闹，泽村家的户主诚造也不是省油的灯。他反问玄一，相爱的人一起生活有什么不对。玄一愤怒地动起手来，却被诚造掀翻在地。诚造是柔道三段高手。玄一回家疗伤，收到了香苗的邮件，让他别再做这种丢人的事。玄一大怒之下摔坏了手机，朝志摩子和彰文大吼："我要和她断绝父女关系！她不是我女儿，你们也别再提她的名字，绝对不能！知道了吗？"

加贺兴致勃勃地听彰文讲述。听到玄一被诚造掀翻在地，他还哈哈大笑起来。

"因此，小姐的话题现在在家里还是禁忌。"

"是这样啊。但他知道他们住在两国一带吧？"

"据说是泽村先生告诉夫人的。"

"那带她回来也是可能的。"

"话虽如此，但师父声称绝对不去。他说，如果想恢复父女关系，小姐就得回来跪下道歉。当然，前提条件是跟那个男的分手。"

"看来他相当顽固。"

"岂止相当，那是个极其顽固的老爷子。正因如此，他不会向工作妥协，才练就了那等手艺。"

彰文牵着敦吉，和加贺并肩沿原路返回。在人形町大道的十字路口等绿灯时，加贺目不转睛地看着左边，表情严肃。

快到寺田钟表店时，他们看见路口有辆出租车在等信号灯，车后座右侧坐着一位女乘客。看到她的侧脸，彰文发出惊呼。

"是夫人！"

"哦？"加贺也看了过去。

出租车很快开动了，随后停在前方几十米处。

大概是付钱时花了些时间，彰文他们到达店门口后，志摩子才慢吞吞地下了车。

彰文叫了一声"夫人"。

"呀，小彰，你替我们去遛狗了？"她边说边看了看加贺，一脸惊讶地点头致意。

"这位就是跟您说过的那位刑警先生。"彰文说道，"他想知道遛狗路线，我们就一起去了。"

"哦，是这样啊。"

看她的表情,似乎想问调查的目的,但她并没问起。

"您去银座买东西了?"加贺看着志摩子的手。她提着印有商场标签的纸袋。

"嗯,去订中元节的礼品。"

"您一个人?"

"是啊,怎么了?"

"没什么。您平时从银座回来都乘出租车吗?"

"也不是。平常我都坐地铁,今天有点累。"志摩子看了一眼彰文,"别跟我家那口子说,他肯定又要发牢骚了,嫌我浪费。"

彰文回答:"明白。"

"那我告辞了。"加贺看了看手表,"已经六点半了。浪费了你这么多时间,对不起。今天得到的信息很有参考价值,多谢。"他对彰文鞠躬致谢。

加贺从视线中消失后,志摩子问道:"你都告诉他什么有参考价值的东西了?"

"这个……我也没说什么啊。"彰文疑惑。

彰文走到店后方,将敦吉拴在狗窝里,然后从后门走进家中。志摩子正在打手机。

"啊,是吗?真丢人啊,那个人……是吗?没人生气啊,那就好……真对不起……谢谢你告诉我……再见。"志摩子挂上电话,一脸忧郁地对彰文说道:"说是撒泼了。"

"撒泼?师父?做法事的时候?"

志摩子撇起嘴来。"好像有人说了不该说的话。说应该让相爱的人在一起,自己不中意对方便反对两人在一起是粗鲁的行为之类的。"

"那他当然会生气。"

"他将啤酒泼了对方一身,还厮打起来。都一大把年纪了,这是干什么啊。"志摩子叹了口气。

彰文无奈地苦笑,准备回家。再磨磨蹭蹭的,玄一该回来了。他想趁怒火还未波及自己时赶紧离开。

5

不出所料,彰文第二天来到店里时,玄一心情非常不好。

"这块表还没修好?今天不是要交给客人吗?"他从印着"未修理"三个字的箱子里取出一块手表,大声问道。

"零件还没到货,我已经跟客人说了,让他下周来取。"

"是吗?我可没听你说过。"

彰文的确说过,但他明白这种时候反驳也没用,便低头道歉。

"真是的,没一个省心的……"玄一咬牙切齿地往里屋走去,随即传来了撞击声,"好痛!怎么把行李放在这里?不知道会撞到膝盖吗?"

彰文心想,明明是你自己放的。

快打烊时,玄一的心情才稍有好转。

"好了,我带敦吉去散散步。喂,小彰,剩下的事情就拜托你了。"玄一从里屋走出来,边伸懒腰边说。

"我知道了,您路上小心。"

玄一离开十分钟后,店门开了。看到走进来的人,彰文皱起眉头。又是加贺。他和昨天一样穿黑色夹克。

"您还有什么要问的吗？"

加贺摆摆手说道："不，今天我想说件事。"

"是吗？可师父去遛狗了。"

"我知道，我看见他出去了。夫人呢？"

"夫人在家。要叫她吗？"

"麻烦了。"加贺微笑道。

志摩子正在准备晚饭。彰文叫了一声，她一脸不可思议地走到店里。

"三番五次前来打扰，真对不起。但请放心，这是最后一次了。"加贺笑容满面地说。

"到底是什么事情？"志摩子问道。

加贺转向彰文。"昨天我在公园跟你说的，你告诉老板夫妇了？"

"还没，今天师父一直不高兴。"

"那太好了。这件事最好别告诉你师父。"

"咦？昨天说的什么？"志摩子看了看加贺和彰文。加贺重复了一遍昨天的话，志摩子满脸疑惑。

"真奇怪，难道我们家那口子撒谎了？"

"好像是。"加贺看着彰文，"按你师父所说，他那天五点半左右去遛狗，七点左右回来，花了大约一个半小时。"

彰文惊讶得张大了嘴。他亲耳听见师父这么说过，却没觉得可疑。但仔细想想，的确很奇怪。

"昨天我跟你一起遛狗，无论走得多慢，也就一个小时。这自然还要看牵狗人的速度，但三十分钟之差还是太多了。这一点不能忽视。"

"您是说师父的遛狗路线和我昨天的不同？"

"很可能。你师父恐怕顺道去了什么地方，并在那里见到了三井女士。但他不想让人知道,便谎称在滨町公园看见了三井女士。我想应该是这样。"

"那他是去哪里了?"志摩子看了一眼彰文。彰文歪着脑袋表示不解。

"我已经知道是哪里了,也知道他为什么不想告诉别人。个中缘由和这起凶杀案没有任何关系。原本我想把这件事藏在心里,但作为刑警,若不确认便没法向上司报告,所以只好来找你们。我本想直接向您丈夫确认,但依他的性格,恐怕不会对我说实话,我也不至于埋伏在他顺道去的那个地方把他揪出来。而且暗中抱有期盼是很幸福的,我不想破坏别人的这种幸福感。"

彰文和志摩子听得面面相觑,不清楚这个刑警想说什么。

"请别卖关子了,您就直接说吧,我丈夫去哪里了?"

"请先回答我一个问题,是关于您女儿的。听说她已经结婚,住在两国。"

"我女儿怎么了?"志摩子脸上浮现出不安的神色。

彰文也感到不知所措,看着刑警。他觉得这时提出香苗的名字太唐突了。

"您女儿怀孕了吧?"

彰文闻言非常吃惊,但更让他吃惊的是志摩子的反应。

"您怎么知道?"

加贺咧嘴一笑,说道:"我果然没猜错。"

"真的?"彰文问志摩子。

"对那个人要保密。"

"夫人,您去过香苗那里?"

"偶尔,我原本就不反对他们在一起。小秀虽然是合同工,但也是在正规公司上班,完全没问题,都是那个老顽固……"志摩子似乎忽然想起刑警还在,慌忙打住,"对不起,当着您的面发这种牢骚。"

"没事没事。"加贺摆摆手,"昨天您也去见女儿了,两人一起购物,对吗?"

志摩子瞪大了眼睛。"您怎么知道?"

"昨天见到您之后我去了银座,在商场里找到母婴用品柜台。不出所料,有个店员还记得有两位女士来过,据她的描述,应该是您和您女儿。我这才确定您女儿已怀孕。"

"我说过什么让人觉得我和女儿在一起的话吗?"

"没有,我只是看见您坐在出租车上的样子才忽然想到的。"

"出租车?"

"您坐在后座右侧。人们独自乘出租车时一般会坐在左侧,因为上下方便。①您却坐在右侧,说明左侧有人。您送那人回家后又回来,但您隐瞒了这件事。我已听这位小师傅讲过您家的事,马上便猜到了那人是谁。"

彰文暗自感叹,看着加贺,心想,刑警真聪明啊。

"是这样啊,但即便您知道我和女儿一起出去,又怎么会知道我们去了母婴用品柜台呢?"

"当然知道。我早就怀疑您女儿已经怀孕了。"

"啊?"彰文再度吃惊地叫起来,"我刚说起小姐的事没多久,您通过那些话就知道她怀孕了?"

---

①在日本,汽车靠左行驶、停靠。

"我没有把握,只是觉得有可能。"

彰文抱着胳膊嘟囔道:"真不明白。我天天来这里上班,都不知道香苗怀孕,您怎么会那么想?难道您有千里眼?"

"怎么可能。给我提供线索的不是别人,正是敦吉。"

"那条狗?"

"昨天散步途中,它只有一次不知该往哪儿走,你还记得吗?"

"啊,您这么一说,的确好像在哪里……"

"在人形町大道的路口。你拉着绳子往滨町走,敦吉也就跟着进了甘酒横丁。它当时为什么会犹豫?"

"这……"

"因此我想,可能最近狗的主人在那个路口时而往左时而往右。往左是人形町的入口,但那是回家的路。那么往右呢?往右能走到哪里?"

"啊!"志摩子大叫起来,"水天宫!"

"是的。"加贺点头,"被杀的三井峰子女士在邮件中说,在广场上抚摩小狗的头时,遇见了小舟町的钟表店老板。因为"广场"两个字,开始我还以为是公园,但后来觉得也可能是神社或寺院的院内。而且水天宫里是有小狗的。"

加贺取出手机,迅速按了几下,将屏幕转向彰文他们。看到屏幕上的照片,彰文惊讶得张大了嘴。

照片上是狗的铜像。一只成年犬趴在地上,旁边有几只小狗。

"这组铜像叫'子宝犬'。周围有代表属相的半球,据说抚摩自己的属相就会有好运。也有很多人抚摩小狗的头,因为摸得太多,小狗的头部都发亮了。"

"我知道,我也摸过。"志摩子开口说道。

"因此我想,三井峰子女士抚摩的可能是小狗铜像。于是疑问产生了:您丈夫为什么去那里?水天宫是保佑生育和赐子的神社。这样一来,答案只有一个。"

"您真厉害!"志摩子感叹道,微微摇了摇头,然后好像忽然想起什么,看着加贺,"啊?这么说他知道香苗怀孕……"

"他知道。他大概也担心女儿,进行过各种调查,结果发现女儿怀孕了。我想应该是这样。"

"也就是说,那人已经原谅香苗了。要是那样的话,老实承认就好了,也不用偷偷摸摸地拜神。"

"夫人,那不可能。"彰文说道。

"对啊,他不可能那么做。"

"我觉得他肯定想等孩子出生了,小夫妻一起回娘家,到时他就说为孩子着想,同意两个人的婚事,从而了结这件事。"

"小彰说得对。他就是好面子。"

"这不是我这个外人应该插嘴的事情,但请二位忘掉我今天的话。"加贺说道,"开始我就说了,我不想破坏您丈夫的幸福感。"

志摩子盯着加贺,说道:"刑警先生,您真有人情味啊。"

"哪里哪里。"加贺不好意思地笑了笑。

"我明白了,我就当什么都不知道。小彰也是,好吧?"

彰文回答:"当然。"

加贺看了一眼手表。"我要说的就是这些,您丈夫可能要回来了。我就此告辞,多谢协助。"

"辛苦了。"志摩子边说边对加贺鞠了一躬,彰文也鞠躬致意。

看着加贺走出去,志摩子呼出一口气。"警察跟警察也不一样啊。"

"是啊。"彰文表示同意。

"好了,该准备晚饭了。"志摩子从彰文旁边走过,朝里屋走去。

看见她的眼睛湿润了,彰文也非常感动。

不一会儿,里面传来一个声音。"晚饭还没做好?你都干什么了?"玄一回来了。从声音判断,他没注意到志摩子脸上的泪痕。

"你要是那么饿,那边有面包。我也有忙的时候。"志摩子语气强硬。

"你有什么可忙的,不就是用手机跟人聊天吗?我都快饿死了,赶紧做。"

"我知道了。真烦人。"

彰文笑着回到工作台旁。面前放着那个三角钟,很快就能修好了。

对了,那个刑警好像很想知道这个钟是怎么运行的。

三个表盘同时运转的原理很简单。一般钟表的机械装置安装在表盘后面,但这个钟却安在底端,靠发条运转的轴立在三角柱的中心位置,轴的运动通过齿轮传递到三个表盘。

彰文心想,下次再见到那个刑警,就把原理告诉他,还要对他说,三角钟的构造就像寺田父女一样,看似方向不同,却由一根轴连在一起。

第五章 西饼店的店员

第五章　洋菓子屋の店員

1

"无花果蜜饯和樱桃蛋挞各三个,一共一千七百二十五元。"美雪将装有糕点的盒子递给柜台外的顾客。

一位三十出头的女顾客将准备好的两千元放到收银台上。美雪接过,从收银机中取出零钱,与小票一起递给对方。

"谢谢。"

顾客离开后,美雪看向收银机旁的手机确认时间,还有十五分钟就到七点了。七点是卡特罗西饼店的打烊时间。

美雪弯下腰,开始整理玻璃柜中所剩不多的蛋糕。这时店门开了,一位顾客走了进来。美雪边直起腰边说了声"欢迎光临",脸上随即自然地浮现出微笑。那是一位常来的女顾客。

来人也露出微笑,表情和以前一样和蔼可亲。她眯着眼睛,微笑着看向美雪。美雪上次听她说自己已年过四十,但她的皮肤和体形都比实际年龄显得年轻。

"晚上好,还能买吗?"那人问道。

"当然可以。"

"一个邻居今天送了我一盒人形烧,我本来不打算买的,但走到附近,还是想吃……"她俯身看向玻璃柜。也许是因为留着短发,她每个动作都显得那么轻盈,"和式点心不是不好吃,但我工作告一段落后还是想吃块蛋糕。这是我努力工作的动力。"

"您做什么工作?"

"你觉得呢?"

"这……"

见美雪歪着脑袋,那人调皮地闭上一只眼。

"是在家能做的工作。副业。"

"是这样啊。"美雪只能随声附和,她不明白副业指什么。

"真为难啊。我想买点果冻类的蛋糕。不是有种百香果和杏仁豆腐一起做的吗?"那人看着玻璃柜说道。

"啊……今天已经卖完了,对不起。"

"最近太热了,大家都想吃点凉东西啊。那我该怎么办呢……"

这时,那人的手提包中传出手机铃声。她皱起眉,取出手机,看了一眼屏幕,一脸疑惑地接了电话。

"喂……啊,什么啊,为什么用公用电话呢……哎呀,那可不得了。啊,稍等。"她拿着手机,不好意思地抬起手,对美雪说:"对不起,今天还是不买了。明天见。"

"嗯,请便。"

那人边说"对不起"边走出西饼店。从店里能看见她打着电话离开的样子。

美雪呼出一口气,这时中西礼子从里面的咖啡厅走了过来。

"美雪,辛苦了。剩下的我来收拾。"

"没关系,我做吧。"

"不要硬撑着,累坏了吧?"

"一点都不累。最近好像有了体力。"

"那就好。"中西礼子苦笑过后又严肃起来,"刚才的顾客什么都没买啊。"

"她要买的蛋糕卖光了。"

"是吗?她今天来得真晚,平常都六点左右来。那你收拾一下玻璃柜就回去吧。"

"好。"

美雪在玻璃柜后弯下腰。看见剩下的泡芙,她忍不住偷笑起来。健一不喜欢甜食,唯独非常喜欢泡芙。卡特罗西饼店允许店员将剩下的蛋糕带回家,只是严禁分给家人以外的人。因为如果店员们都这么做,收到蛋糕的人便不会花钱买了。

对了,那人也喜欢泡芙。美雪又想起刚才的女顾客。就像中西礼子所说,她平常都是六点左右来,在玻璃柜中选好喜欢的蛋糕后,便会在店里的小咖啡厅喝着红茶慢慢品尝。美雪在工作的空当看向她时,总会不可思议地与她目光相对。每当这时,那人总是微微一笑。那是一张充满包容的温柔笑脸。

美雪几乎对她一无所知。两个月前,她第一次出现在店里,此后每两三天便来一次。中西礼子猜测,她或许非常喜欢卡特罗西饼店的蛋糕。

副业是指什么呢?美雪心想,等她再来喝茶时,应该多打听一下她的情况。

2

清濑弘毅低着头，不停拧紧固定钢筋的螺栓。汗水流进了眼睛，T恤也已湿透。他用搭在头上的毛巾擦了一把汗，继续干活。如果不尽快完成舞台布置，就无法正式开始排练。剧团其他成员也在汗流浃背地做道具、改衣服。因为是小剧团，演员们要负责所有杂务。

当他将手伸向箱子里的螺栓时，放在后裤兜里的手机响了。他有些生气地拿出手机，看到屏幕后就更生气了。他不想接，因为他不想跟对方说话。

但对方应该也不想跟他说话。既然打来电话，应该是有要紧事。他并不情愿，但还是按下了通话按钮。

"是我。"电话里传来熟悉的声音。

"我知道。什么事？我现在忙着呢。"

"我觉得警察会联系你。我就想说这个。"

"警察？我又没做什么。"

"不，是峰子。"

弘毅一时间没什么感觉。最近他都没听过这个名字，自己也没提起过。"妈妈怎么了？"

直弘沉默了。弘毅叫了一声"爸"。

"听说死了。"

"啊？"

"今早刑警来找我了，说昨晚发现了她的遗体。"

弘毅倒吸了一口气，不出声了。母亲的样子浮现在他脑海中，爽朗地笑着。在记忆中，母亲依然年轻而充满活力。

"你在听吗？"直弘问道。

"怎么回事？"弘毅说道，"为什么妈妈会……事故吗？"

"不是。刑警说很可能是他杀。"

弘毅的心脏剧烈地跳动。他感到血液沸腾，体温上升。"是谁？"他问道。

"还不清楚，调查才刚开始，所以我这里也来了警察。"

"在哪里被杀的？妈妈当时在哪里？"

"好像在她自己的住处。"

"住处？在哪里？"

"日本桥。"

"日本桥？"

"刑警说在小传马町。她好像在那里租了单间公寓。"

那不就在我家附近吗？弘毅心想。他住在浅草桥，从那里到小传马町，直线距离也就一公里多。弘毅心中涌出疑问：她为什么会住在那里？母亲被杀的消息让他过于震惊，他没有丝毫真实感。

"你知道什么吗？"

"什么？"

"就是有没有线索。"

"我怎么会有？我们都没联系过。"

他听见直弘叹了口气。"也是。"

"我该怎么做？"

"不是这个问题。我只是觉得警察会找你，所以先跟你说一声。刑警问我你的地址了。"

"我知道了。"

"就这事。"

"爸……"

"什么?"

"葬礼怎么办?"

直弘再次沉默了一会儿,然后答道:"这不是我们该考虑的。"

"果然如此。"

"关于葬礼,我不打算插嘴。要是他们有什么要求,我倒是可以做。"

他好像是说,要是峰子的娘家人跟他商量葬礼的事,他会承担费用。弘毅想说"这本就是你应该做的",但没说出口。

挂断电话,弘毅依然呆立着。他脑中一片混乱,完全无法思考接下来该怎么办。

"弘毅,怎么了?"

听到有人喊他,弘毅回神望去,是剧团的团长筱塚。

"我妈……据说被杀了。"

筱塚吓得往后一仰。"什么?"

"听说被杀了……在单间公寓里。"说完,弘毅蹲下了身子。

大约一个小时后,警察联系到了弘毅。当时他正在默默干活。伙伴们都让他回去,但他坚持留了下来。他认为不能因个人原因误工,而且早回去也没用,倒不如在这里活动身体,让自己停止思考。

给他打电话的是警视厅的一个姓上杉的刑警。上杉希望能尽快见面,双方约在弘毅排练场附近的一个家庭餐厅。

在餐厅里等他的是两个穿西装的男人,都是警视厅搜查一科的刑警，年长的是上杉。说完宽慰的话，上杉开始问弘毅最后一次见峰子是什么时候。

"应该是前年年底。"弘毅回答。

"前年？那么久没见了？"上杉瞪大眼睛。

"您没听我父亲说起我的事情吗？"

"只听说你大学没毕业就离家出走了。"

"那就是在前年年底。此后我就再没见过我母亲。"

"也没打过电话？"上杉投来怀疑的目光。

为什么这些中年男人一看到年轻人，就连敬语也不用呢？弘毅这样想着，也盯着对方。

"我是由于任性离家出走的。"

"你母亲也没打电话给你？"

"离家出走后，我买了新手机，号码也换了，没告诉父母。"

"但你父亲知道你的号码。"

"他派人调查了我的住处，还挨个儿调查小剧团。大概半年前，忽然有个陌生男人来找我，说有件很重要的事，让我跟父亲联系，我便给他打了电话。"

"重要的事？"

弘毅看着刑警，叹了口气。"就是我父母离婚。我有点吃惊，但现在中年人离婚也屡见不鲜，而且我也不想管他们。我又没资格发牢骚，但他们好像觉得离婚这件事要是不告诉儿子不好。"

"他们怎么解释离婚的原因？"

弘毅摇摇头。"也没怎么解释。我父亲对家里的事不闻不问，母亲也不喜欢待在家里。我倒觉得这对两人都好。"

"哦？原来她不喜欢待在家里。"刑警意味深长地点点头。

弘毅看着他说道："为什么这么问？他们离婚和案件有关吗？"

刑警慌忙摆摆手。"一切都还不清楚。你以前知道你母亲住在哪里吗？"

"我刚听说。没想到那么近。"

"就是这一点可疑。这仅仅是偶然吗？据我们调查，你母亲在两个月前搬到了现在的房子。她有没有可能是在知道你的住处后才搬到这里？"

"不可能。父亲也不会把我的住处告诉她。"

"嗯，你父亲说没告诉她。"

"那就仅仅是偶然吧。"

"是吗？"上杉依然一脸疑惑。

两个刑警又问起峰子的朋友圈和兴趣爱好。弘毅将知道的和盘托出，但并不觉得这些信息对破案有用。刑警们也是表情暧昧。

弘毅问及母亲被害的情况，两个刑警几乎没有回答，只是坚称现在什么都不清楚。但从他们的语气中可以听出，这不是一起单纯的入室抢劫杀人案。

"最后一个问题，"上杉竖起食指，"昨天晚上六点到八点之间你在哪里？"

弘毅感觉眼角竖了起来。"你们是在问我的不在场证明？"

"我们对所有相关的人都要问这个问题，如果你不想回答也没关系。"

弘毅咬了咬嘴唇，说道："我在排练场。你们可以问剧团的任何人。"

"哦，那就好。"刑警若无其事地回答。

晚上八点刚过，弘毅回到家中。他原本是应该在练习场继续布置舞台，但筱塚几乎是用命令的语气让他回家，他只好照做。

透过窗户，他看见房间里亮着灯，亚美好像已经回来了。他打开门，亚美一脸高兴地回过头，说道："咦，回来得真早啊！"她在看电视。

弘毅道出母亲的事情，亚美的表情很快凝重起来。

"对了，今天老板还说起这事。"她皱起眉头。

"什么？"

"说昨晚有很多警车开过。小传马町离我们店不远，但真没想到会发生这种事，为什么会……"她悲伤地眨了眨眼睛。

"不知道。刑警只告诉我她被杀了。"

"那怎么办？阿弘，你得去参加葬礼吧？"

"要是有人联系我就去。但会有人联系我吗？"

弘毅完全不知道母亲在离婚后过着什么样的生活，也不想知道。自己选择离家出走，过喜欢的生活，母亲也有同样的权利，他这样认为。而最主要的原因，是他连自己的事情都快顾不过来了。

他躺在被窝里，却怎么也睡不着。亚美也一样，在他旁边翻来覆去。他一直睁着眼睛，当眼睛适应黑暗后，能模模糊糊地看到天花板上的花纹。

他是在看歌剧时认识青山亚美的，当时他们座位挨着。亚美比他大一岁，老家在福岛，怀揣当设计师的梦想来到东京，边打工边上职业学校。

这套房子原本是亚美租的，后来弘毅住了进来。

弘毅开始喜欢戏剧是在大学一年级的时候。他偶然在一个小剧场看了他现在所属剧团的戏，从此坚信这就是自己终生的事业。此后他就不怎么去大学了，总到剧团里来。筱塚也对他说："你身上有种特殊的东西。"

经过一番思想斗争后,他决定退学。这自然遭到了父亲直弘的强烈反对,母亲峰子也不赞成。

"你要是坚持退学就退吧。但我不会给你任何资助,以后你就靠自己吧。"

"我知道。"他说完便站起来,回房间收拾行李。

"找到落脚的地方告诉我啊。"峰子追上要离家出走的弘毅,小声说道。

他摇了摇头。"我不会跟你们联系的,手机号也会换新的。"

"可是……"

"峰子!"屋里传来直弘的声音,"别理那种家伙!"

峰子露出悲伤又为难的表情。弘毅扭头离去,消失在夜色中。

母亲被杀了,已经不在世上了。无论怎么想,弘毅都无法接受这个事实,只觉得像是电视剧里的情节。

3

第二天早晨,弘毅和去打工的亚美一起走出家门。亚美在一家位于堀留町的咖啡馆打工,与小传马町近在咫尺。

弘毅骑上以前亚美一个人骑的自行车,让她坐在后座上。以前他在东京站地下的便当店打工时,也经常这样骑车载亚美,现在因为话剧即将公演,他便没有打工。

他们来到江户大道,朝西南行进,小传马町就在前方。不到十分钟,两人就到了小传马町路口。弘毅停下来,换亚美骑车。

"我今天晚上有课。"她说着踩住脚蹬。这意味着她今天会晚些回来。

弘毅点点头。"我知道了。"

亚美沿人形町大道离开了。这里银行很多,因为日本银行①总行就在附近。一个区域内,每家银行至少会有一家分行。

目送亚美离开后,弘毅环顾周围,发现了一家便利店,便走了过去。店里没有顾客。一个年轻店员正往货架上放三明治和饭团等商品。

"对不起,请问……"弘毅招呼道,"前天晚上附近发生了凶杀案,您知道在哪里吗?"

染着黄褐色头发的店员爱答不理地摇摇头。"不知道。那时我不在。"

"啊……是吗?对不起。"

弘毅鞠了一躬,走出便利店。他忘了这种店是轮班的,早晨和晚上的店员不同。

弘毅又去附近的很多店打听,却连知道凶杀案的人都找不到。而且得知他不是顾客时,那些店员都一脸不耐烦,好像被他打扰了工作。但他还是在一家文具店打听到了有意义的线索。

"你是说一个女人被杀的案件吧?就在那边的公寓。"秃头店主指着远处说道,"刑警也来我家了,问我看没看到可疑的人。好像是晚上九点左右吧。我说那时我们早就打烊了,不可能看到什么人。"

"您知道是几号房间吗?"

"那就不知道了。你跟案子有关?"

"我和被害人有点关系……"

"那真是可怜。"店主严肃起来。

---

① 日本银行为日本的中央银行。

离开文具店,他走到店主所说的公寓前。那是一幢乳白色长方形建筑,看起来很新,应该刚建成没几年。

母亲为什么会搬到这里?弘毅想道。她的娘家在横滨,弘毅一直以为她离婚后回了横滨,完全没想到她会一个人在这里生活。

但他又觉得母亲做得出这种事。她一直想从家务中解脱出来,与外界接触。

峰子大学时专攻英语,曾梦想当翻译家,甚至打算毕业后去英国留学。但意外的怀孕打乱了一切。当然,她知道孩子的父亲是清濑直弘。直弘三十出头就开办公司,事业很成功。

得知峰子怀孕,直弘决定跟她结婚。峰子接受了他的求婚,周围也没人反对。现在说的奉子成婚在当时大概已很常见。

但峰子好像并不十分愿意结婚,至少弘毅这么认为。

上初中时,他听到母亲在电话中对一个老同学说:"我也想踏进社会,你知道吗?我才三十七岁,一想到还要继续这样生活,我就心烦。你多好啊,能一直工作。我当时要是没怀孕,也不会像现在这样,可能都不会跟那个人结婚。当时怀孕真是太失算了,可我也不能把孩子打掉。抚养和教育孩子也很有价值,但只有这个也不行啊。我又不是为了做母亲而活的。要是整天相夫教子,我的人生到底算什么啊。"

那次怀孕是失算——这句话像刺一样扎进了弘毅的心。

弘毅原本认为只有父亲不重视家庭,从未怀疑过母亲对自己的爱。母亲不仅按时做饭,在各方面对弘毅都照顾得很细致。虽然有时也发牢骚,但弘毅一直觉得那是母亲为自己好。

但在扮演母亲这个角色的同时,她心中暗藏不满。这已经不是一两天的问题了。从她怀孕,也就是给予弘毅生命时,问题就开始了。

从那以后,弘毅尽量不让母亲照顾自己。他不想让母亲觉得自己毁了她的人生。

当然,现在弘毅的想法已稍有转变。他并不认为母亲不爱他。母亲在电话里说的话只不过是一时的牢骚,谁都会有想抱怨的时候。但她肯定想重新来过。为此,她也许有必要在离婚后到市中心独自生活,而不是回娘家。

可为什么在这里?弘毅抬头看看公寓,百思不得其解。他并不清楚母亲经历了什么,不知道她为何选择日本桥。

他在公寓前站了片刻,看到从里面走出三个男人。其中一人令他非常吃惊,是父亲直弘。

直弘也看到了弘毅,停下脚步。"怎么是你?你在这里做什么?"直弘厉声问道。

"爸爸,你又在这里做什么?"

"我在配合警察调查,刚看了峰子的住处。"

"是您儿子?"穿西装的男人问直弘,好像是刑警。"谁告诉你是在这里的?"

"我在附近打听到的。昨天也有刑警来找我,但没告诉我地点。"

"哦。"刑警点点头,转向直弘,"没必要让您儿子看住处吧?"

"没有必要。这家伙应该有两年没和峰子说过话了。"

"那就好。清濑先生,能麻烦您一起来吗?"

"知道了。"

刑警们完全忽视弘毅,仿佛在说他们懒得理会无法提供信息的人。直弘与他们一同离开,途中停下脚步,回过头来说道:"你在这里晃来晃去会妨碍调查的,赶快去排戏吧。"

弘毅瞪了一眼父亲。"不用你管！"

直弘没有回答，跟着刑警走了。弘毅哼了一声。

就在这时，后面响起一个声音："对不起……"

弘毅回过头，只见一个穿黑色T恤、外罩蓝色衬衫的人正从公寓里走出。此人肤色较深，棱角分明。

"我正巧听到你们说话，你是三井女士的儿子吧？"

"是的，您是哪位？"

"这是我的证件。"他从后裤兜里拿出警察手册，上面写着"加贺"，隶属日本桥警察局刑事科。

"你是想看现场才来的？"

"是的，这里离我家也不远。"

"不远？恕我冒昧，请问你住在哪里？"

"浅草桥。"

"啊，那可真不远。步行来的？"

"不是，同居的女朋友在这边打工，我们一起骑车来的。"

"这样啊。"加贺略加思索后看着弘毅，"你要看现场吗？"

弘毅眨了眨眼睛。"可以吗？"

"今天是我负责保护现场。"加贺说着从口袋里拿出钥匙。

峰子的住处在四楼，面积大概二十平方米，里面有单人床、电脑桌、书架、沙发和桌子。房间很整洁，但难以否认这里非常狭窄。住惯宽敞房子的母亲竟能忍受这样的地方，弘毅不由得心生感慨。

"我母亲是怎么被杀的？"弘毅站在玄关脱鞋处问道。

"发现遗体的是三井峰子女士的一个女性朋友。她们约好一起吃饭。

她来找三井女士,按门铃后没有动静,打开门之后发现三井女士趴在地上。一开始还以为是脑中风,却发现脖子上有勒痕,便马上报了警。"

加贺不看记事本,流畅地说出事情经过。让弘毅感到意外的是,他和昨天的两个刑警不同,并不掩饰案情。

"那个女性朋友是什么样的人呢?"弘毅自言自语似的说道。

"是大学时代的朋友,做翻译工作。三井女士离婚后给她帮忙。"

"原来是这样……"

母亲差点就要实现夙愿了。看来母亲离婚后并未失去对生活的希望。想到这里,弘毅心里多少好受了些。

她想在这个房间里踏出作为翻译家的第一步。弘毅又环视四周,注意到角落里放着报刊架,上面摆着明显和峰子无关的东西——育儿杂志。弘毅在电视广告中见过。

"怎么了?"加贺问道。

"我在想为什么房间里会有那种杂志。"弘毅指着报刊架。

加贺戴着手套拿起杂志。"的确是啊。"

"我母亲不会又怀孕了吧?"

"目前没听说。"加贺一脸认真地回答,接着将杂志放进报刊架,"对了,据说三井峰子女士是在大约两个月前搬来的,此前她住在朋友租住的房子里,在蒲田一带。"

"这样啊。"

"还有,据发现遗体的目击者说,三井女士是突然搬到小传马町的。她问过原因,三井女士回答说是 inspiration。"

"inspiration……"

"你能想到什么吗?关于三井女士选择这里的原因。"

"这个……我也很吃惊,没想到我们住得这么近。"

"你住在浅草桥和这有关吗?"

"昨天一个刑警也问了同样的问题,我觉得无关。"弘毅当即否定,"母亲不可能知道我住在浅草桥。我认为这仅仅是偶然。"

"是吗?"

"母亲搬到这里和案件有关吗?"

"现在还不好说。但所有与本案有关的人都不知道三井女士为什么选择这里,这一点让我觉得蹊跷。"

"你们也去我外公外婆家打听了吧?"

"应该有人去了,没得到有用的信息。"

弘毅不太理解加贺的意思。

"可以了吗?"加贺问道,像在问弘毅看过现场是否了却了心愿。

"可以了。"

弘毅走出房间,加贺也走了出来,锁上门。

"呃……刑警先生。"

加贺转过棱角分明的脸,看着弘毅:"什么事?"

"母亲不是会与人结仇的人。死者的家属往往会这么说,但我母亲真的不是那样的人。"

加贺脸上浮现出微笑,眼神却十分犀利,甚至让弘毅心头一颤。

"但你这两年对自己的母亲一无所知,不是吗?"

"嗯……"

见弘毅语塞,加贺收回了严肃的目光。"你刚才的话,我会作为参考。但那些不与人结仇的人也会被杀害,这也是事实。不管怎样,我们一定会抓住凶手。我保证。"

弘毅不知加贺有什么根据能如此断言,但这番话让他觉得安心。他向加贺鞠了一躬,说道:"那就拜托您了。"

4

案件发生已经五天了。弘毅完全不知道调查进展如何。警察自不必说,父亲也没跟他联系。

唯一联系他的是舅舅。昨晚他打电话告诉弘毅,终于可以运回遗体举行葬礼了,但他也不清楚案件进展。

"她到底是怎样生活的,我们也不知道。如果她选择的生活方式能够开启新的人生,我们也不能太干涉。"舅舅似乎在为自己辩解。他对离婚后独自生活的妹妹并未给予太多照顾。

就在这时,加贺来到了排练场。排练正好告一段落,弘毅和加贺并排坐在走廊里的旧长凳上。

"你们演员真厉害。母亲都那样了,你还能坚持排练。"加贺感叹。

"我也想不出还能做什么。我打算明天回横滨,帮着准备守灵和葬礼。"弘毅盯着加贺,"案件进展怎样?查出什么了?"

"查出不少了。比如案发当天三井峰子女士的行动已经明了。"加贺不紧不慢地说,"但三井女士有个异常举动。"

"什么?"

"三井峰子女士被害前,在电脑里留下了一封没写完的邮件。"加贺打开记事本,"是这样写的:在那个广场上抚摸了小狗的头,这时又遇见了小舟町的钟表店老板。我们互相笑着说:'真巧啊。'"

"然后呢？"

"调查结果很有意思。三井女士抚摩的不是真正的狗，而是铜像。"

"铜像？"

"你知道水天宫吧？保佑生育和顺产的神社。"

"听说过。"

"那里有母子犬铜像，据说摸摸小狗的头就能得到神的保佑。从邮件内容看，三井峰子女士经常去那里。"

"母亲去那里……"

"三井女士的房间里还放着育儿杂志。我猜她身边可能有孕妇，而且与她关系相当亲密，否则她也不会每天参拜。但不管我怎么调查，都找不到这样的人。我问过您父亲，他也没有线索。"

"我也没有。"弘毅回答，"我说过很多次，我和母亲已有两年没见了，也没交流过。"

"果然如此。"加贺遗憾地点点头。

"问问邮件的收件人，应该能打听到什么吧？"

"我自然问了。对方是三井女士离婚时请的律师。律师知道三井女士每天都出去散步，但不知道她是去水天宫。不知道为什么，三井女士在邮件中用了'广场'这个词，故意隐瞒了实情。所以律师也不清楚三井女士身边是否有孕妇。"

"这……真奇怪。"弘毅这才开始后悔，身为人子，却不知道母亲在想什么、做什么。

"我再查查，百忙之中打扰了。"加贺站起身来。

第二天，弘毅来到母亲在横滨的娘家，帮忙做守灵的准备。

进行过司法解剖的峰子的遗体放在棺材中,已经恢复原状,脖子上围着一条白色围巾,应该是为了掩饰绞杀的痕迹。

弘毅总感觉无法面对母亲的亲戚。他觉得自己对独居的母亲不管不问,多少也有责任。亲戚们没有指责他,反而还安慰他。只是他们好像都不喜欢直弘。

没人能提供有用的线索。对于峰子的近况,大家都一无所知。弘毅告诉大家,峰子周围好像有孕妇,但同样没人知道。

晚上要有人留在灵堂,于是弘毅决定留下,主要负责不让香火灭掉。实际上,有种和蚊香一样的旋涡状线香能够持续一晚不灭。

大家离开后,弘毅一个人进入灵堂。他坐在折叠椅上,看着灵台上的遗像。母亲正对着自己微笑。这好像是她和朋友旅行时拍的照片。

一种莫名的感情忽然涌上心头。他感到眼眶湿润了。奇怪的是,看到母亲的遗体,他仍不能相信母亲的死,现在看着遗像,他却第一次真切地感到这是事实。

这时,口袋里的手机响了。他调整了呼吸,拿出手机。是亚美打来的。

"正好,我正要给你打电话。"他告诉亚美,自己今晚住在这里。

"这样啊,别累坏了身体。"

"没关系。你那里有什么不对劲吗?"

"有。今天有个刑警来店里,说是姓加贺。"

弘毅不由自主握紧了手机。"去了黑茶屋?"那是亚美打工的咖啡馆。

"嗯。问了一些奇怪的问题。"

"问了什么?"

"他问妈妈……你妈妈有没有来过店里。"

"妈妈？"弘毅惊讶地说道，"那个刑警怎么想的？那怎么可能？妈妈又不知道我的住处，也不可能知道我跟你住在一起。"

"可他一个劲地问，让我看照片，还向老板确认。"

"然后呢？"

"老板也说没印象，他这才死心离开。这是怎么回事啊？"

"我也不知道。下次见到他我问问。还有什么奇怪的吗？"

"别的就没有了。"

"明天葬礼结束我就回去。"挂断电话后，弘毅感到纳闷，将视线转向灵台上的遗像。

母亲的微笑里多了几分神秘。

5

多亏舅舅的主持，葬礼按计划顺利进行，参加的人数也基本和预想一致，所以在预定时间内就结束了。

出殡之后，弘毅与大家一起前往火葬场。然而意想不到的人出现了，是加贺。或许是怕别人议论，他系了一条黑色领带。

"抱歉，追到这里来。有件事我想尽早告诉你。"他低头致意。

离火化结束还有一些时间，加贺应该也是看准这一时机才来的。弘毅猜测，他此行肯定是因为有非常重要的事。

两人走出火葬场。屋外有一个精致的庭院，里面设有长凳。他们在那里坐了下来。

"事情是这样的。我知道三井峰子女士搬到小传马町的原因了。"

加贺开口说道,"已经无法向她确认,但我的判断应该没错。"

"什么原因?"

"你认识藤原真智子吗?汉字是这么写的。"他打开记事本递给弘毅。

"好像听说过……"

"藤原女士是三井峰子女士大学时代的朋友。三井女士没离婚时,她去过你家几次。"

"啊……"弘毅点点头,"是那个阿姨吧。有位女士偶尔会来我家,母亲叫她真真。"

"就是她。"加贺点点头,"我查了三井女士的邮箱,发现跟她有电子邮件往来的人并不多,平常她大多用手机发邮件。于是我调查她的电子邮件的收件人,只有一人始终无法取得联系,就是藤原女士。她现在因为丈夫工作的关系住在西雅图。今早我终于打通了她的电话。藤原女士不知道发生此案,也没有关于凶手的线索,但她知道三井女士搬到小传马町的原因。"

"什么原因?"

"这个嘛,果然是因为你。"

"我?"

"藤原女士今年三月去了西雅图。之前她在日本桥散步时,偶然看见了一个熟人,就是你。"加贺盯着弘毅,"你骑车带着一个女孩。途中,你让女孩下了车,然后又骑车离开了。藤原女士没办法,就跟在女孩后面,看到女孩走进一家还没开始营业的咖啡馆。她将这件事告诉了三井女士,因为她知道三井女士一直在找你。三井女士随即搬到了小传马町。我想她是为了找你才搬来的。"

弘毅心里很乱。他完全不知道母亲一直在找自己,但仔细想想,这也理所当然。对于已经离婚的她,弘毅是唯一的家人。"但她为什么不来找我?她应该知道亚美打工的地方,问一下亚美就知道了。"

"我想三井女士最初是这样打算的。但见到你女朋友后,她忽然改变了主意。"

"什么意思?"

"藤原女士去了美国后,跟三井女士有过几次邮件往来。她说自己也是通过邮件得知三井女士搬到小传马町的。她以为你们母子马上就能重逢,但三井女士在之后发来的邮件中却说要暂时躲在远处守护你们。藤原女士觉得可能有内情,便没有追问。"

弘毅拨开额发,问道:"为什么呢?"

"据藤原女士说,三井女士虽然没向亚美小姐介绍自己,却频繁地去亚美小姐打工的地方。她在邮件中还说,每周都去好几次,怕人家会烦呢。"

"也就是说她去过黑茶屋。昨晚我听亚美说了,真是奇怪。您应该已经听亚美说过了,我母亲绝没去过黑茶屋。"

"好像是这样。那她发给藤原女士的邮件该如何解释?如果事实如此,就意味着她撒了谎。"

"为什么撒这样的谎……"弘毅皱起眉头。他越发糊涂了。

加贺看着他微笑起来。"实际上她没有说谎。她的确经常去你女朋友打工的地方,这是事实。"

"但亚美说那绝不可能……"

"准确地说,"加贺继续说道,"是她眼中你女朋友工作的店。"

面对一脸纳闷的弘毅,加贺从上衣内兜里取出一张复印纸,上面画着一幅简单的地图。弘毅看出是小传马町路口一带。

"这是什么?"

"藤原女士看见你之后,就将青山亚美小姐打工的咖啡馆地点告诉了三井女士。但当时她是这么说的:从小传马町路口往人形町方向走,会看到一个路口的左侧有一家三协银行,从那里往左转,银行旁边有一家咖啡馆,弘毅的女朋友就在那家店打工。听到这个说明,你会怎么想?"

"不会怎么想啊。不是挺准确吗?"弘毅脑中浮现出那一带的情形,描述没错。

"在当时的确没错。"

"什么意思?"

"藤原女士看到你是在三月初。大概两周后,三井女士第一次到小传马町。她按藤原女士的描述朝人形町走,却犯了一个重大错误。藤原女士说的三协银行是在堀留町路口,然而在隔着一条街的大传马町路口,有一家三协大都银行。你也知道,这是由三协银行和大都银行合并而成的。两家银行合并就在藤原女士见到你之后。明白了吧?那时在大传马町路口的还是大都银行,但因为两家银行合并,当三井女士去时,那里已经变成了三协大都银行。这样,弄错也是很正常的事。三井女士就在那里拐弯了。"

"但应该可以发现啊,要是那个银行旁没有咖啡馆……"弘毅看着加贺一脸无奈的样子,不禁大吃一惊,"莫非……"

"正是。"加贺说道,"大传马町的那家银行旁边也有一家店。严格来说,那不是咖啡馆,而是西饼店,但里面有个喝咖啡的地方。这样一来,如果三井女士误认为你女朋友在这家店工作,也就不奇怪了。"

"我母亲一直去那家店吗?"

"我去那家店确认了。那家店叫卡特罗。我把三井女士的照片给女店员看,店员说她的确来过很多次。可见,三井女士一直认为那个店员是你的女朋友。"

弘毅咬着嘴唇,摇摇头。

"她这是干什么?两个多月。跟店员说说话不就知道了……"

"她不是说了吗?她想在远处守护。我想她是在看到那个店员之后,觉得不能让对方产生剧烈的情绪波动。她肯定是想过一段时间平静下来再去自我介绍。"

"她为什么那么想?"

"你去那家店看看就会明白。去那家店,看看那个店员。三井女士搬到小传马町后,每天应该都过得很快乐。她完全沉浸在默默守望的愉悦中了。"

弘毅完全不理解加贺的意思。见他不解,加贺重复道:"你去了就知道。"

6

还有十五分钟就打烊时,健一出现了。他西装革履。

"客户就在附近,我跟公司联系过了,说我可以直接回家,就想和你一起回去。"

"那你喝点咖啡等我吧。"美雪说道。

健一"嗯"了一声,走到咖啡厅。中西礼子上前招呼,她也认识健一。

健一一直非常疼爱美雪,尤其是最近,他变得更加温柔了,应该是担心美雪的身体。

美雪将手放到肚子上。她怀孕已六个月,肚子的隆起变得明显起来。她看了一眼放在收银机旁的手机,上面系着一个小小的小狗手机链,据说可以保佑生育平安。这是那个几乎每天都来、眼神温柔的女人送的。

"这是我在水天宫买的,祝你生一个健康的宝宝。"某天,那人这样说道,将手机链送给了她。

她现在也不知道那人为什么对自己这么好,而且可能永远都不会知道。昨天来的刑警告诉她,那人已去世了。

刑警给她看了张照片,问她见没见过照片上的人。她吃了一惊,照片上就是那人的笑脸。不知为什么,刑警的表情非常悲伤。他又问了一些细节,比如美雪和那人说过什么,那人最后一次来是什么时候。

美雪内心无法平静,便问道:"到底发生了什么?她怎么了?"

刑警脸上露出一丝犹豫,但还是回答了她,答案和美雪的不祥预感一致。那个温柔善良的女人死了,而且是被杀的。

美雪连她的名字都不知道,但依然陷入了深深的悲伤,不禁流下泪来。美雪一一回答了刑警的问题。她无法提供什么重要线索,但还是拼命回忆。

刑警最后说了一句"我想我还会再来",便回去了。直到最后,他都表现出一副怜悯的样子。美雪不清楚原因。

有人来了。玻璃门打开后,一对年轻男女走了进来,看起来都是二十出头。美雪条件反射似的说了一句"欢迎光临"。

那两人表情僵硬,女人微低着头,男人直直盯着美雪。

美雪感到奇怪,因为他们都不看放蛋糕的玻璃柜。但她还是笑脸相迎。

在这一瞬间,她大吃一惊。

她对这个男人的眼睛有印象。她应该是第一次见到这个男人,但又感觉在哪里见过这双眼睛。她将视线转向收银机,盯着手机链看了一会儿,又看向那个男人。

和那个人的眼睛一样,她想。

第六章 翻译家朋友

第六章　翻訳家の友

1

三井峰子微笑着,单手端着茶杯。她穿着 T 恤衫和牛仔裤,微卷的头发自然地拢在后面。

"啊,太好了。"多美子说道,"我还以为你死了呢。"

峰子笑而不答。

铃声响了,是门铃的声音。多美子回头向门口看去。门开着,她看见有人走了出去。

是峰子,她想。刚才还在面前的峰子走出了房间,必须去追。多美子心下着急,身体却动弹不得。她想站起来,脚却不听使唤。

铃声又响了。她心想,必须帮帮峰子,不能让她就这么走了,必须尽快留住她。

有什么东西压住了多美子的脚,正因为如此她才动不了。她低头一看,发现有人趴在那里,竟是峰子!她的头开始骨碌碌地转动,就要看见她的脸了——

猛地一个痉挛,多美子醒了。她面前的电脑屏幕上显示着还没写完的文章。最后的部分文字混乱，内容不明。

她这才发现自己刚才趴在桌上睡着了。她遍身冷汗，心跳极快。

铃声又响了，好像不是来自梦境。多美子站起来，将手伸向墙上的对讲机。

她说了一声"喂"，听筒里马上传来一个男人的声音："我是日本桥警察局的刑警。对不起，可以打扰一下吗？"

过了两三秒，她才反应过来是警察来了。她想起来了，确实听谁说过，负责那个案件的就是日本桥警察局。

"吉冈女士，吉冈多美子女士。"对方大概听她没有回答，又喊了几句。

"啊，是，请进。"她按下开锁的按钮，挂好话筒。

多美子回到电脑桌前，坐在椅子上。桌上杯子里的奶茶还剩下约三分之一。她想起打盹前正在喝奶茶，于是拿起杯子喝了一口。已经完全凉了。

她长出一口气，开始思考刚才的梦。峰子的笑脸还朦朦胧胧地留在脑海中。梦里的峰子好像想告诉她什么，但也许是错觉。她喜欢与灵魂有关的故事，但完全不相信灵魂的存在。

多美子将胳膊撑在桌子上，按了按额头。轻微的头痛已持续多日，都是因为睡眠不足。案件发生后，她还从没躺在床上好好睡过，最多坐在沙发或椅子上打盹。当她想要躺在床上好好睡觉时，那些令人讨厌的回忆便开始复苏，甚至连打盹都很难。

门铃响了，应该是日本桥的警察上来了。多美子拖着沉重的脚步走到门口，通过门镜观察门外。

一个男人站在门口，穿着T恤，外罩短袖衬衫，右手拿着一个纸袋。

此人看起来不像警察,但多美子并不觉得可疑。她见过此人,他的确是刑警,只是名字想不起来了。他应该给过她名片,但不知道放到哪里了。

她打开门。刑警微笑着鞠了一躬。

"百忙之中打扰了。"

多美子翻起眼睛看着刑警。

"到底有什么事?那之后已经有几个刑警来问了很多事情。"

她说的"那之后",是指上次这个刑警问过她之后。接到通知后,最先出现在她面前的就是这个刑警。

刑警不好意思地挠挠头。

"我们非常清楚您会很烦。但每当案件有了新进展,发现了新情况,我们都会和所有案件相关者沟通。为了破案,希望您能配合。"

多美子叹了口气。

"我没说不配合。您想问什么呢?"这时多美子想起来了,这个刑警姓加贺,说起话来温和亲切,让人安心。

"我有很多要问的,在这里站着说恐怕……啊,对了,都说这个好吃,我就买了一些。"加贺递过纸袋。

"给我的?"

"是的,百香果和杏仁豆腐果冻。啊,莫非您不喜欢甜食?"

"那倒不是……"

"那么请收下吧。据说放在冰箱里,能保存相当长的时间。"

"是吗?那我就不客气了。"多美子接过纸袋。

里面好像放了干冰,盒子冰凉,直沁皮肤。她心想,这个说不定能吃下去。案件发生后,她一直没好好吃过饭,完全没有食欲。

"路对面有家咖啡馆。"加贺说道,"我到那里等您,您能过来一下吗?不会耽搁您太长时间。"

多美子摇摇头,打开门。"要是只说话,在我家里就行。"

"可是……"

"我懒得换衣服,要是出去还得化妆。"她穿着一件毛巾料家居服。由于在家中工作,她平常大都是这副打扮,"我已经过了会在意跟男人独处一室的年纪。请进,只是家里有点乱。"

加贺表情中掠过一丝犹豫,但还是说了句"打扰了",走了进去。

这是套一室一厅,放着电脑桌,对面是沙发和桌子,没有餐桌。拉门背后是约十一平方米的卧室,那里终究还是不能让别人看的。

多美子让加贺坐在沙发上,走进厨房。她从冰箱里取出大麦茶,倒进两个玻璃杯中,端到桌上。加贺点头道谢。

"心情平静些了吗?"加贺喝了口大麦茶,问道。他的眼神在多美子和电脑之间游走。

"还是无法相信这个事实,有时会觉得是梦,但这就是现实。一旦确认这个事实,又会伤心难过,想着必须得接受……这些天总是这样。"多美子浅浅一笑,嘲笑着自己的脆弱。

"昨天举行了三井女士的葬礼,您参加了吗?"

多美子闻言,轻轻点了点头。

"我去上了一炷香。但我本不想去。我没脸见她的家人,也不知道该如何向她道歉。直到最后,我都没有勇气看一眼她的遗像。"

加贺皱起眉头。

"您没必要这么想。以前我就说过,这不是您的错。错的是凶手,是将三井女士杀害的人。"

"但是……"多美子低下头,一种莫名的情绪涌上心头。

"您可能会觉得我啰唆,但请让我再确认一下。"加贺说道,"按照最初的约定,您要在七点去三井女士的住处,但六点半左右您打电话将时间改成了八点,没错吧?"

多美子深深叹了口气,心想刑警这种人真是没完没了,这件事不知已经重复多少遍了。

"没错。七点钟我要见一个人,所以推迟了时间。"

加贺打开记事本。"那个必须要见的人是日裔英国人橘耕次。你们在银座的克鲁特西亚珠宝店见面,七点半分开,对吧?然后您直接去了三井女士的公寓,发现了她的遗体。到这里为止,您有什么要纠正的吗?"

"没有,您说得没错。"

她知道警察正在调查自己供词的真伪,因为她听耕次说,警视厅的人找过他。

"我没说我们谈话的内容,他们倒是想打听。"耕次在电话中乐呵呵地说道。见多美子沉默不语,他慌忙用流畅的日语道歉。"对不起,这不是该笑的时候。"他本是日本人,因为父亲工作的关系去了伦敦,入了英国籍。

"那天您和三井要见面的事,都有谁知道?"加贺问道。

"我跟橘说了,没告诉别人。"

加贺点点头,环视四周,视线停在电脑桌上。"那是您的手机?"

"是的。"

"能让我看看吗?"

"可以啊。"

多美子拿起手机递给加贺。他说了句"我看一下",接了过来。他不知何时已戴上白手套。

手机是红色的,是两年前的机型,多美子正想要换新的。樱花花瓣形状的手机链是去年系上的。

加贺说了声"谢谢",将手机还给多美子。

"这个怎么了?"多美子问道。

"冒昧地问一下,最近三井女士身边有没有人丢手机?不管是男的还是女的。"

"丢手机?没听说过。"

"是吗……"加贺沉吟起来。

"怎么回事?要是有人丢手机,会有什么问题吗?"

加贺没有马上回答,仍在思考。多美子觉得这可能是调查的秘密,不能对一般人讲。然而,他很快便开口说道:"有人用公用电话找过她。"

"啊?"多美子不解。

"有人用公用电话拨打过三井峰子女士的手机,是下午六点四十五分左右,也就是案发前。开始我们对拨打这个电话的人一无所知,但最近查明,此人应该和三井女士比较亲密。有人碰巧听到她接电话,说她没有使用敬语。从对话内容来看,对方好像是把手机落在哪里或者丢了。"加贺一口气说到这里,看着多美子,"到底会是谁呢?您有什么线索吗?"

加贺忽然发问,多美子有些不知所措。

"我没什么线索。要是查明这件事会怎样呢?"

加贺慢慢往前探身。"我认为,打电话的人很可能就是凶手。"

"为什么?"

"从现在掌握的情况来看，有一个事实毋庸置疑，那就是凶手是三井峰子女士自己请到家里的。但凶手不太可能忽然来访，很可能事先便已联系妥当。三井女士原本和您约好七点见面，要是那样，三井女士肯定会说自己没空，婉拒客人来访。但她没么做，而是将凶手请到家中。我想这很可能是因为您已经联系过她，将约定时间推迟了一个小时。"

加贺条理清晰地说完，看着多美子，又慌忙摆了摆手。"请不要误会。我不是在指责您。"

"嗯，我知道。我承认我改时间和案件的发生有很大关系。"多美子感觉脸上的肌肉有点僵硬，"请继续说。"

加贺咳嗽一声。"可见，凶手是在您打完电话后联系的三井女士。而且在来电列表中，您的电话后面只有那个公用电话的号码。"

多美子恍然大悟。"您说的我非常明白，但我真的没什么线索。"

"请好好想一想，那人和三井峰子女士的关系应该非常亲密。您至少应该从三井女士口中听过一两次那人的名字。"

听加贺语气坚决，多美子看向他。"您为什么那么肯定？即便关系不怎么亲密，有时也会根据对方的情况而不使用敬语啊。我就是那样的。"

"我之所以这么肯定，不仅因为说话的语气。"加贺说道，"我刚才说过，那个公用电话是在下午六点四十五分左右打来的。我们假设对方说想去三井女士家，但三井女士已经和您约好在八点见面。一般人会以没时间为由拒绝对方，她却没这么做。您觉得这是为什么？"

"这……"多美子侧着脑袋。

"只有一个可能，打电话的人那时就在三井女士的公寓附近。您应该明白我想说什么了吧。"

忽然被提问，多美子一时有些慌张，但马上便明白过来。"您想说打电话的人知道峰子住在哪里？"

"正是。"加贺满意地点点头，"就连三井女士的前夫和儿子都不知道她搬到了哪里。您也不知道她为什么选择小传马町吧？"

"嗯，她说这是 inspiration。"

"也就是说，三井女士跟这个地方原本没有任何关系，凶手也不可能是偶然来到这里。因此可以认定，凶手早就知道三井女士住在这里，而且可以不打招呼临时拜访。这样，难道不可以说他们关系很亲密吗？"

刑警的分析很在理。原来调查也一点点地有了进展。多美子心下感叹。"您说的我都懂了。您来找我也是理所当然的，但我也无法马上想起什么，能给我一点时间吗？"

"当然，您慢慢想，没关系。前几天我给您的名片您还留着吗？"

见多美子不知如何回答，加贺迅速拿出一张名片放到桌上。"您要是想起什么，就请联系我。"他说着站了起来。

多美子将加贺送到门口。他握住把手，回头说道："我已经说了，您没必要自责。而且多亏了您，调查速度加快了，案情也清晰起来。"

多美子明白加贺这番话不仅仅是安慰，但她还是无法点头。她转开视线，歪了歪脑袋。

刑警道声"打扰"，走了出去。

2

与多美子至今仍保持联系的大学时代的朋友不多，三井峰子是其中之一。以前她有很多朋友，但她们纷纷结婚生子，联系越来越少。也许那些朋友之间有交流，唯独撇下了单身的多美子。

峰子是结婚较早的一个，而且当时已经怀孕。在她忙着照顾孩子的日子里，他们之间几乎失去了联系。但正因为非常年轻时便怀孕生子，峰子很早便从养育孩子的辛苦中解脱出来。当她的独生子升入小学高年级时，她给多美子打电话的次数多了起来。电话的内容大多是发牢骚，说她无法从生活中得到快乐。多美子说她身在福中不知福，她听了却真的生起气来，对多美子说："你是体会不到我的心情的。"她甚至边哭边说已经没有活着的意义了。她的丈夫好像对家庭不闻不问，夫妻间的感情已经破裂。

峰子非常羡慕多美子有自己的事业，尤其羡慕她做翻译。这一点多美子能理解，她记得峰子从大学时代起就想以翻译外国民间传说和童话为业。

多美子曾对她说："那你就做吧。要是有时间，家务不忙时也可以做。"

但峰子非常苦恼，说事情没那么简单。她丈夫反对她工作，即便在家做点副业也不允许。

既然是夫妻间的问题，多美子也没有办法，只能听听峰子的牢骚。

但最近情况有了转变。峰子开始考虑离婚，契机是她的独生子离家出走。但峰子面临一个难题——离婚后的生计问题。

"你能来帮我吗？"多美子轻松地说道。她经常同时接几项工作，而与她趣味相投的助手辞了职，她正想找人代替。

峰子看起来不太自信。多美子试着让她翻译了一些东西，她都做得很好，几乎没什么问题。多美子询问原因，她说这些年来唯独没放弃过学习。

大概因为生计有了保障，峰子下定决心，不久便向丈夫提出离婚。令人吃惊的是，她丈夫清濑直弘非常干脆地答应了。只是在财产分割时，考虑到直弘的家产，峰子得到的数额相当低。多美子对峰子说应该多要点，峰子只是笑着说："无所谓，比起钱来，我更想得到自由。"

她开始独自生活时，多美子便决定将翻译的工作分给她。她还需要一点时间才能独自翻译，所以多美子决定在此之前帮助她。能和老朋友做同样的工作，多美子也感到非常高兴。

刚离婚时，峰子暂住在一个朋友位于蒲田的公寓中。大概两个月前，她搬到了日本桥的小传马町。多美子现在还不知道原因。峰子说是 inspiration，但多美子认为其中必有缘由，而且绝非坏事。因为峰子每当说起那件事，总是一脸幸福，那里肯定有什么让她期待。多美子认为总有一天峰子会告诉自己，便没有多问。

一切看起来都很顺利，但一件意外让两人的友情产生了动摇。发生意外的不是峰子，而是多美子。

多美子和橘耕次是在大约一年前认识的。她和出版社的人一起去千鸟渊赏夜樱，一个编辑带上了橘耕次。他比多美子小三岁，也正单身，是影像编导。由于和一家企业签约，他两年前来到了日本。

他们认识不久便相爱了，经常约会，试探彼此的想法，但从未提及结婚或同居。他们在各自的领域埋头工作，只在想放松心情时才住在一起。他们都喜欢这样的生活。

但最近，耕次提出了一件让人意外的事。他说想去伦敦发展，希望多美子能一起去。

对于忽然来临的求婚，多美子不知如何是好，心里很乱。但各种感情交错之后，留下的仍是愉悦与幸福。

她在日本没有需要照顾的家人，也没有长期签约的工作，随时可以和耕次一起离开。她只担心一点，那就是峰子。

峰子相信多美子对她说的那句"在你能够独立翻译之前我会帮你"，才迈出了新人生的第一步。若现在放手不管她，多美子会感到良心不安。

但她也不可能拒绝耕次的求婚。他现在已是她人生中不可或缺的存在了。

经过一番痛苦的思考，多美子向峰子说明情况，她觉得峰子应该能理解。

但她想得太单纯了。峰子听后，表情眼看着僵硬起来。

"你说你会帮我，我才决定离婚的……"她语带怨恨。

多美子觉得不能怪峰子。要是换成自己，或许也会生气。不，与其说是生气，不如说是担心。

她们有过这么一段不愉快的对话后便分开了，那是三周前的事。后来她们又约了见面，正是六月十日那天。

两人本约在七点见面，但多美子又打去电话改变了时间。因为耕次忽然打来电话说想见她，说自己在银座等她。

多美子来到银座，耕次将她带进一家珠宝店，将一枚钻戒拿到她面前。

耕次说只要多美子喜欢，就只剩下签字了。多美子虽已一把年纪，竟也感动得热泪盈眶。如果旁边没人，她真想扑过去搂住他的脖子。

走出珠宝店，多美子将戒指交给耕次保管，自己乘出租车去了小传马町。这是她第二次去峰子的公寓。她在车里想，先不告诉峰子戒指的事。

到峰子的公寓时离八点还有四五分钟，多美子乘电梯来到四层，按下门铃，但没有反应。她又按了一次，但结果相同。她觉得奇怪，便拧了拧把手，发现门没锁。

她一走进房间，就看见峰子倒在地上。她脑中首先闪过脑中风这个词，因为她爷爷就曾在洗澡时晕倒。

但在查看峰子的脸色时，她发现峰子脖子上有勒痕，随后又看见峰子睁着眼睛。

她用颤抖的手拨通电话报了警。现在，她已完全不记得当时跟警察说了什么。挂断电话后，她来到走廊等待警察到来。可能是警察让她这么做的吧。

警察不久就到了，他们让多美子坐上警车。她原本以为会被送到什么地方，没想到上来一个刑警开始向她提问。起初，多美子完全无法回答，多亏那个刑警非常耐心，她才逐渐平静下来。那个刑警便是加贺。

但讽刺的是，逐渐冷静下来后，多美子才发现自己犯了大错。若她没有改变约定时间，峰子也就不会被杀。

几十分钟前的事情开始在多美子脑海中苏醒。她被耕次带到一家珠宝店，收到他送的戒指，高兴得都快跳起来了，心中幸福无限，完全忘记了别人的存在。但那时，峰子正被凶手勒住脖子，承受着地狱般的痛苦。

悲伤、后悔和自责在多美子心中迅速膨胀，不可收拾。她在加贺面前大喊："是我的错！要是我没改变约定的时间……要是我没只顾自己，那么自私……是我，我、我害了峰子。是我的错！"

3

晚上，耕次打来电话，邀她一起出去吃饭。

"对不起，我没有心情。"

"那我买点吃的去你那里。你想吃什么？"

多美子拿着话筒，摇头说道："今晚算了吧。我没化妆，房间里也很乱。"

"没关系，我担心的是你。你好好吃饭了吗？"

"我吃了，你不用担心。我只想一个人待着。"

大概因为多美子语气生硬，耕次不说话了。

"对不起，"她向他道歉，"我也想见你，想见到你，跟你撒娇。要是和你在一起，或许还能忘掉烦恼。"

"那就——"

"但我不能那样。峰子当时一定非常痛苦，我不允许自己逃到你那里。为了一点点幸福的感觉而忘掉峰子，哪怕是一小会儿，我都觉得很卑鄙。"

耕次再次沉默不语。他大概是想体会多美子的心情。

她说的都是真心话，但并未全部说出。她一直认为，如果她那天不去见耕次，峰子就不会被杀。如果她带着这种心情和耕次见面，就无法像以前一样与他交往，甚至可能连快乐的回忆也会变成痛苦。

她不能将这一烦恼告诉他，否则他肯定也会自责。毕竟让多美子改变计划的正是他。

"有什么需要我做的吗?"

"谢谢。你有这份心就够了。"

她听到耕次深深叹了口气。

"我恨凶手,恨之入骨。她杀了你的朋友,犯下大罪,而我无法原谅的是他将你伤害成这样。我甚至想杀了他。"

多美子用空着的那只手按了按太阳穴。

"求求你,现在不要提'杀'这个字。"

"啊,对不起……"

"我的痛苦无所谓,我只想知道事情为什么会变成这样。她那么善良……警察问了很多,我都无法回答。我真是没用。"

"你不必因此自责。我觉得答不出来是正常的。"

"但我一直认为自己是她的好朋友。"

"我也有朋友,但我也并非知道他的全部。都是这样的。"

多美子沉默了。她明白耕次的意思,但这样的说法让她感到难受。

"实际上,今天刑警又来了。"耕次说道,"不是上次那个,是一个姓加贺的。"

"我知道他。我也见过他好几次。"

"他很奇怪吧?还给我带了礼物,是鸡蛋烧。"

"鸡蛋烧?"

"他说是人形町的特产。他给我拿来那种东西,却问我平常吃饭是不是用刀叉,这问题很傻吧?我跟他说,我比一般人还会用筷子。"

"关于案件,他问了你什么吗?"

"首先他问我见没见过峰子,我回答我们三人一起吃过两次饭。他又问我还记不记得当时说了什么,我说细节不记得了,应该是说了我们俩怎么认识之类的。那个刑警说他也想听听。"

"关于我们俩是如何认识的？他为什么打听这个呢？"

"不知道。我问了，但他巧妙地岔开了话题，反正是个很奇怪的人。后来他问我有没有手机，我说当然有，他就要我给他看。"

多美子闻言吃了一惊，想起白天加贺说过的话。

"那你给他看了吗？"

"给了。他还问我从什么时候开始用这个手机。真奇怪！"

"是啊。"多美子虽这么回答，心中已明白了加贺的目的。加贺怀疑用公用电话和峰子联系的人可能就是凶手，于是想确认耕次有没有丢手机。也就是说，加贺在怀疑耕次。

真愚蠢，多美子心想。在发现峰子的尸体前，她一直和耕次在一起。警察只要稍微调查一下就会知道，耕次有完美的不在场证明。

或者是……

加贺是在怀疑多美子，还是认为耕次比多美子早一步到了峰子的房间呢？

的确，多美子跟加贺说过，因为要去伦敦，她和峰子的关系变得尴尬起来。但在一般人看来，这不会成为杀人动机。难道他怀疑多美子另有动机？

多美子对加贺的第一印象并不差。他是一个替别人着想的人，让多美子感觉可以信赖。虽是第一次见面，她还是把一切都告诉了他。但多美子无法确定他是否也敞开了心扉。或许他只是装成亲切的样子，实则在怀疑多美子的泪水并非出自本意，并用心观察。

"喂，多美子，听见了吗？"耕次喊道。

"啊，嗯，听见了。他还问什么了？"

"就这些。他迅速出现又迅速离开了,有点令人不快。"

"你不必担心,肯定是在确认什么。"

"我觉得也是。"耕次轻松地说道。

"对不起,我有点累,要休息了。"

"啊,对不起,电话打得太久了。你好好休息吧。"

"谢谢。晚安。"

听到耕次说了"晚安",多美子挂断电话。她放下手机,躺在床上。

多美子在想象将来的日子。会不会有一天悲伤淡去,能够像以前一样与耕次快乐地生活呢?即便如此,峰子的事又该如何了结?她是怎样看待我的?是否该告诉自己多想无益,或者即便不告诉自己,也会自然而然地忘掉呢?

多美子闭上眼睛。她努力想入睡,却没有一丝睡意,只感到头昏昏沉沉的。

"你已经决定了吗?"忽然,耳边响起了峰子的声音,她那张眉头紧锁的脸出现在眼前。她很少露出那样的表情。

那是多美子对她说自己打算跟耕次一起去伦敦的时候。

"嗯……我想去。"多美子吞吞吐吐。

"那你的工作呢?翻译怎么办?"

"这……把手头的活干完,可能就不再做了。到了伦敦,也不会再有出版社找我翻译。"

峰子的眼神中出现了困惑,游离不定。

多美子见状慌忙补充道:"当然,你的事情我在考虑。我会给你介绍翻译公司,出版社也会有人帮忙,别担心。"

峰子扭过脸去。"你说会帮我,我才决定离婚的……"

多美子无言以对。

"对不起。"她只能道歉,"我也没想到会出现这种情况。"

峰子把手放在额头上说道:"这下麻烦了。早知如此,我应该多要点钱。"她像在自言自语,好像是指离婚时的财产分配。

"没关系,以你现在的水平,应该能找到很多翻译工作,足够支撑一个人的生活。"

峰子闻言冷冷地看着她说道:"别说不负责任的话,事情没那么简单。"

"我是说真的。"

"好了,我不想指责你。喜欢的人向自己求婚,和朋友的约定一般都会忘掉的。"

"不是那样的。我也感到很抱歉,请你理解。"

"你要是觉得抱歉……"峰子说到这里,又摇了摇头,"好了,是我自己不好,原本就不该靠别人,自己的事情还得自己做。"

"峰子……"

峰子把饮料的钱放到桌子上,起身头也不回地离开了咖啡馆。

那是多美子最后一次看到活着的峰子。

多美子非常后悔那时没多和峰子说说话。她应该追上峰子多说几句,直到互相理解。峰子是个聪明人,只要有诚意,她肯定会理解。

可此后的两周,这件事一直搁置着。峰子可能已对多美子失望了,而且好不容易要见面,多美子却无法在约定时间赶去,推迟了一个小时。打电话时,峰子只说了一句"那就八点吧,我知道了"。她当时大概很生气。

这一个小时夺去了峰子的生命。

对不起，峰子！案件发生后，多美子说出了在心中盘桓已久的话。她以后大概会经常这样自言自语。但不管如何道歉，对方都听不到了。

4

一打开玻璃门，闷热的空气便迎面袭来。多美子感到汗水瞬间从毛孔里渗了出来，但她还是穿上拖鞋。她还没心情到外面走动，但整天待在阴暗的空调房中已让她感到不适。即便室外的空气里混杂着各种废气，她还是想离开房间。

已经多久没到阳台上来了？当初选择这套房子，正是因为可以从阳台上俯视小公园。但住进来后，多美子到阳台的次数却屈指可数，洗完的衣服也总是用烘干机烘干或挂在浴室晾干。

她想把胳膊撑在栏杆上，又立刻打消了这个想法。栏杆上遍布油污和灰尘。

她回房间取抹布时，手机邮件的提示铃声响了，是耕次发来的，内容如下：

我要开始做回国计划了，你的时间如何？等你回信。

多美子合上手机，叹了口气。耕次一定着急了。若不确定何时回伦敦，就无法确定工作计划。这样的邮件措辞本不应如此柔和，而是该强调事情的紧迫，但耕次没那么做。这正是他的体贴之处。

多美子拿着抹布回到阳台，边擦栏杆边思考耕次的事。她不能总因为耕次对她好便不知好歹，也明白人死不能复生，必须放下峰子的事情。但她如果这样去了伦敦，真的就会万事大吉？难道不会后悔吗？

栏杆终于恢复了原本的光泽。她轻轻吐了口气，却无意中看到一个熟悉的身影正向公寓走来。是加贺。他提着一个白色塑料袋。

多美子盯着他，而他也忽然抬头看了过来，似乎感觉到了她的视线。多美子的房间在三层，或许他是偶然看到的。他朝着多美子微笑，多美子也微微点头致意。

来得正好，多美子心想，要问问他去耕次那里的真实目的。

大约两分钟后，加贺来到房门口。

"今天不是甜食，而是仙贝。"他递过塑料袋。

多美子苦笑。"您调查时总会带礼物吗？"

"啊？不，那倒不是……您不喜欢仙贝吗？"

"不，喜欢。我只是觉得总收您的东西，很不好意思。"多美子接过塑料袋，"请，但房间里还是很乱。"

加贺并没有要进去的意思。他将胳膊抱在胸前，好像在思考什么。

"怎么了？"

"今天不想出去一下吗？"加贺说道，"我想带您去一个地方。或者这么说更合适一些，是想让您看件东西。"

多美子紧张起来。"去哪儿？"

"您很熟悉的地方，人形町。离三井女士的公寓步行大概十分钟。"

"为什么去那里……"

"去了您就知道了。我在下面等您，别着急，请慢慢准备。"加贺说完便转身走向电梯间。多美子未及回答。

到底要去哪里呢？他想让我看什么？多美子不安地化起妆来。她已很久没有好好化妆了。

她收拾妥当后下楼,加贺伸手拦下一辆出租车。

"对了,那个您吃了吗?我前几天带来的西式点心。"车一开动,加贺便问道。

"非常好吃。我不喜欢吃太甜的东西,但那个味道很清爽。加贺先生,您真会买东西。"多美子发自真心地说道。

"不,这和会不会买东西没关系。您要是喜欢就再好不过了。"

"听说您给他带了鸡蛋烧?"

"您已经听说了啊。我不知道该给日裔英国人带什么,最后就带了那个。橘先生没生气吧?"

"没有,就是说这个刑警与众不同。"

"人形町有很多能买到礼物的商店。但刑警给人拿鸡蛋烧,可能多少让人觉得恶心吧。以后我会注意的。"加贺笑了笑,露出了雪白的牙齿。

在水天宫前的路口拐弯时,加贺让司机停下车。在宽阔的单行道对面,大大小小的商店鳞次栉比。他沿着人行道向前走去。

不久,他在一家陶瓷器店门前停下脚步,门口的招牌上写着"柳泽商店"。他喊了声"你好",走了进去。

应声出来的是个二十出头的女人,染着黄头发,戴着耳坠,裤子上有几个破洞。

"啊,又是加贺先生啊。"女人一脸讨好的笑容。

"对不起,我不是来买东西的。"

"哎呀,没关系。今天您有何贵干呢?"

看来加贺经常来这家商店,而且并不怎么受欢迎,可能与案件调查相关吧。

"前几天您给我看的东西还有吧?"加贺问道。

"有啊。您都说了让我放好嘛。"

"您能拿出来吗?"

"好啊。"

见女人走进去,加贺回头对多美子说道:"我想让您看一件东西。三井峰子女士在被害前几天来过这家商店买筷子,好像是给谁的礼物。我想让您想想她是给谁买的。"

"筷子?这我怎么会……"

女店员回来了,手中多了一个细长的盒子。"这样就可以吧?"她说着将盒子递给加贺。

加贺打开盒子,点点头,递到多美子面前。"请看。"

盒中有两双筷子,大的是黑色的,小的涂着朱漆,像是夫妻筷套装。

"如果只凭这些,我还是不知道。"多美子说道。

"您拿起来好好看看,上面有花纹。"

多美子依言拿起筷子,上面的确有细小的花纹。看到花纹时,她吃了一惊。

"如何?"加贺问道,"有樱花花瓣的花纹吧,据说那些银色的花瓣是用天然贝壳做的。"

"这是峰子……"

"据说三井女士来时,这种筷子正好卖完了。"加贺转向女店员,"请您讲讲当时的情况。"

女店员点点头,向前迈了一步。"三井女士以前见过这种筷子,但来买的时候正好缺货,她非常失望地回去了。后来我又订了货,昨天才到……"

女店员还没说完,多美子就感到体内有种热乎乎的东西涌了上来。她感到脸颊发烧,泪水随即夺眶而出。

"您明白她要给谁买礼物了吧?"加贺说道。

多美子抿了抿嘴,点点头。"我想,是给我……送给我和他的。"

"樱花对于您和橘先生来说都是非常重要的回忆,对吧?你们是在千鸟渊相遇的,我记得你们是去那里赏夜樱。"

"您说得对。他感慨说从没见过那么多樱花,因此樱花成了我们幸福的象征。"

"所以您的手机链是樱花瓣形状的,橘先生也一样。"

多美子瞪大了眼睛。"所以您才要求看他的手机啊。"

"当我看到您的手机链时,就觉得三井峰子女士买礼物是要送给您。但如果在没有确证的情况下让您看,一旦不是,就会进一步伤害您。所以我才找橘先生问了很多问题。"

"我还以为您怀疑他呢。"

"如果总被警察纠缠,一般都会这么想。请代我向橘先生转达歉意。"

多美子又看了看筷子。峰子已经原谅了多美子,并打算将这双筷子作为礼物送给即将前往伦敦的两人,让他们到了那边也能想起樱花。

"前几天我给您的百香果和杏仁豆腐果冻,就是三井峰子女士在案件发生前想买的东西。"加贺说道,"我想她原本是想买了和您一起吃。但遗憾的是,那种果冻当时不巧卖完了。"

"果冻……"

"我在西饼店一听说这件事,就觉得三井女士应该是想跟您和好。所以我才想查明她是给谁买的礼物。"

多美子用手背擦去眼泪,看着加贺。"加贺先生,原来您不是在调查案件啊。"

"当然在调查啊,但刑警的工作不止这些。有人会因案件而留下心灵创伤,他们也是受害者。刑警的职责就是寻找能够拯救受害者的线索。"

多美子深深鞠了一躬,眼泪落到了她紧握筷子的手上。

头顶上的风铃响了起来。

第七章 保洁公司的社长

第七章　清掃屋の社長

1

敲门声响起,清濑弘毅叼着烟斗坐在摇椅上,膝上放着厚厚一叠文件。

"马修吗?进来。"弘毅刻意用沉着的口吻说道。

门开了,戴着白色假发的山田郁夫走了进来。"维克先生,手记的第五卷刚出版了。"他用与生俱来的低音说道,将手里的书递了过去。

"终于出版了!就是这个,马修!魔王馆凶杀案全记录。能想起来吧?那些充满紧张和智力兴奋的日子。但遗憾的是,作为艺术家,自负的凶手……"

"停!"有人喊道,是导演筱塚的声音。弘毅不由得皱起眉头。若是满意,筱塚不会在排练时喊停。

"怎么了,弘毅?完全是一种语调啊。我跟你说了,这段台词体现了主人公的自尊心和怀旧感情,还要加上感慨。不能再投入一点吗?"筱塚脸色很难看。

"对不起,让我再演一遍。"

"不,休息一下吧。有件事我需要考虑——大家休息十分钟。"筱塚对周围的工作人员说道。

狭窄的排练场中,紧张的气氛顿时松弛下来,弘毅也回到了现实中。

筱塚虽说休息十分钟,但十分钟后排练仍未开始。导演和主演们正在办公室商量。不,不该说是商量,而是通知。筱塚命令弘毅退出演出,因为他无法集中注意力。

弘毅低头道歉。他并不认为导演说得不对。"今后我一定会拼命集中注意力把戏演好。"

"抬起头来。我并没指责你,也知道其中的原因。母亲被杀,而且还没抓到凶手,无论是谁都无法集中注意力。"

弘毅抬头看着筱塚。"不,我要演。我会设法集中注意力的。"

"不是那么回事。要是想集中便能集中,就不用苦练了。我知道你在拼命演,也欣赏你的才能,但以你现在的状态是无法演戏的。我从导演的角度做出了这样的判断。"

弘毅再次低下头,但并非是要道歉,而是因为沮丧。"无论如何都不行吗?"

"对,"筱塚平静地说道,"但总有一天还会需要你。只是我已经说了好几次了,现在不行。过一段时间,等你不需要努力也能集中注意力时,我还会让你演的。当然,是主角。"

弘毅紧咬牙关,再次看着筱塚。

筱塚使劲点头回应。"等你母亲的事结束了再回来吧。"

"明白了。"弘毅干脆地答道。

弘毅要去的大楼位于滨松町站附近,徒步只需几十秒。看见门口的牌子上写着"高町法律咨询事务所",弘毅心想,这里的租金会是多少呢？他觉得律师都是有钱人。

事务所在三楼，玻璃门里的接待处坐着一个姑娘。

弘毅怯生生地走进去，报上姓名。"我和高町律师约好四点见面。啊，但是，我不是来咨询的，只是有件事想问一下……"

"知道了。请稍等。"姑娘拿起电话，通报弘毅来访。很快她便放下电话，说律师在三号房间等他。

那个房间大约仅有五平方米，只有一张办公桌和一把折叠椅。弘毅背对入口坐下，有点紧张。

筱塚不让他演戏后，他开始思考接下来要做什么。他还没从母亲死亡的阴影中走出来，这不仅因为尚未破案，更因为他觉得一直没有帮上母亲，因而自责。

离家出走后，他满脑子都是演戏的事情，几乎没有想过父母。就连听说两人离婚时他也没往心里去，只觉得他们都是有判断力的成年人，可以为自己的决定负责。自己即便是他们的孩子，也不应该插嘴。原本他就不关心他们的事情。

峰子却不同。当然，她离婚后开始独立生活，也认真思考过工作和未来，但仍挂念着独生子。

她搬到小传马町这个完全陌生的地方来是有重要原因的。得知儿子的女朋友在附近的西饼店打工，而且已经怀孕，她便想在远处守护。

这件事她没对任何人说过，也没向儿子的女朋友介绍自己。她大概怕弘毅不乐意，也可能是害怕直弘干涉。

"三井女士搬到小传马町后，每天应该都过得很快乐。她完全沉浸在默默守望的愉悦中了。"

听到加贺说这番话时，弘毅有些不知所云，但现在他非常清楚刑警想要说什么。

弘毅去了那家西饼店。见到怀孕的店员后,他和亚美当场就哭了。亚美没见过峰子,却大哭着表示,如果峰子没认错人,自己真的是那个怀孕的店员就好了。

一想到峰子的心情,弘毅就感到心痛。他这才知道母爱的伟大,也发现自己不珍惜母爱是多么愚蠢。他把责任都归结在自己身上,如果经常和母亲联系,母亲就不会被杀了。

筱塚说得对,弘毅现在不可能集中精力演戏。他觉得自己应该去了解母亲死前的情况。他对母亲的事情几乎一无所知,更不知道母亲为何被杀。他并不认为自己能找到案件真相,但至少想知道母亲被害前在想什么,过着怎样的生活。

只是他完全不知从何处下手。母亲在小传马町的住处如今由警察管理,她的电脑和手机等可以了解她生活的东西都不能随便看,即便是她的亲生儿子。

一番思索后,他想起了加贺的话。母亲离婚时请了律师,至今两人还偶尔通过邮件联系。那个律师说不定知道母亲的近况。如何才能与律师取得联系呢?他能想到的方法只有一个。虽不情愿,他还是决定打电话询问父亲直弘。

"你为什么想知道律师的联系方式?律师怎么了?"直弘严厉地问道。

"和你无关。你什么都别问,告诉我就行了。"

"那不行。你应该知道现在的情况吧?你要是干出什么事,影响警察办案,那就是大问题。"

"那不可能。我只想了解妈妈的事。"

"这是多余的。警察正在调查,总有一天会破案的,你只要等着就行了。外行不要瞎插嘴。"

"你不明白吗?我并不是想调查案子,只想了解妈妈的事。"

"你想知道什么?"

"什么都行。我对妈妈一无所知,所以想了解。你也什么都不知道吧?妈妈被害前在想什么,为什么会在日本桥的小传马町租房子,你都不知道吧?"

沉默了几秒,直弘问道:"你知道吗?"

"我知道。是一个你永远也想不到的原因,但你放心,这和你毫无关系。我想你即便知道了,也不会有什么感觉,只会觉得妈妈是个傻瓜。所以我不会说,你也什么都不用知道。但我不一样,我想了解更多妈妈的事,不会给你添麻烦的。我保证。"弘毅一口气说道。

电话那端再次陷入沉默,时间比刚才要长很多,然后传来一声长叹。"等一下。"

直弘很快念出律师的名字和地址。律师叫高町静子。"现在说可能有点……"直弘说,"我们是协议离婚。是你母亲提出的,理由是想开始新的人生。我觉得她很任性,但还是答应了。我也的确让她请了律师,但在财产分配问题上没有纠纷。"

"为什么特意跟我说这些?如果真的是那样,律师也会说的。"

"每个人对事情的理解方式不一样。律师可能会说是自己巧妙周旋,才没有发生纠纷。实际上根本就不需要律师,我只想告诉你这一点。"

"说财产分配没有意义,我对那种事不感兴趣。"打听到律师的联系方式后,弘毅别无他事,便挂了电话。

高町静子看起来四十岁左右,圆脸,微胖,十分和蔼。弘毅心想,那些怀揣不安来到这里的女人见到这个律师后,肯定能放下心来。他起身致意,表示感谢。高町静子点点头,让他坐下。

"节哀顺变。很震惊吧?"

"是。"弘毅回答道。

"我也很吃惊。我想您也知道,最近我和您母亲联系过几次,但完全没察觉到危险。她让我觉得她已经自立,而且很幸福。"

"关于案件,您也没什么线索吗?"

高町静子稍作停顿,点了点头。"嗯,没有和案件直接相关的线索。"她的话中透露出微妙的感觉,让弘毅非常在意。

"我母亲是什么时候认识您的呢?"

"当然是在她决定离婚时。她从熟人那里打听到我们事务所,就来咨询了。此前我们素不相识。"

"在我父母离婚之后你们也有联系,仅仅是因为私人关系变亲密了吗?"

听了弘毅的问题,这位极具平民气质的女律师措辞慎重起来。"要说是私人也可以。三井女士发邮件告诉我她的近况,我有时间就会回复,仅此而已。离婚的女人会有很多不安,所以我尽量跟她们交流,就算是售后服务吧。当然,如果是和法律相关的咨询,是不能免费的。"

"您刚才说没有和案件直接相关的线索。也就是说,您能想到一些间接相关的,是吗?"

高町静子微微撇了撇嘴。"我和三井女士都是成年人,在邮件中不会总说些无聊的话题。"

"你们都谈什么?"

高町静子微笑着摇摇头。"虽然您是她的儿子，我也不能告诉您。我是律师，有为委托人保密的义务。虽然您母亲已经去世，但她依旧是我曾经的委托人。"她语气很平静，但每个字都透露出律师的尊严。弘毅折服了。他觉得若是在法庭上，这肯定能成为强大的武器。

　　"但是……"高町静子眯起眼睛说道，"我一开始就说了，您母亲看起来很幸福。我从邮件中能感觉到，她好像在思考未来。但我想这应该和案件无关。"

　　弘毅心中再次产生想哭的冲动。峰子的邮件之所以充溢着幸福，肯定是因为她沉浸在长孙即将诞生的愉悦之中。

　　但正像高町静子所说，两个上了年纪的女人互发邮件，内容应该不止这些。峰子到底在咨询什么？要跟这个女律师打听看起来有些困难。该怎么办呢？

　　忽然，一个人的脸孔浮现在他眼前。那个人应该会说。

　　"怎么了？"高町静子问道。

　　"没什么。打扰您工作了，对不起。"弘毅说着站起身来。

2

　　桌上的内线电话响起，正在批阅文件的直弘马上拿起话筒。"喂。"

　　"岸田先生找您。"话筒中传来祐理稍显沙哑的声音。直弘非常喜欢她的声音，一听就感觉浑身放松。

　　"请他进来。"直弘说着放下话筒。

　　门立刻就开了，瘦削的岸田要作出现在面前。他太瘦了，身上的西装就像挂在衣架上一样。

"预算结果出来了吗?"直弘边走向沙发边问。

"出来了,但结论并不好。"岸田在直弘对面坐下,从提包中拿出一叠文件放在桌子上。

"瓶颈果然还是工资?"

"是的。现在算上兼职的和临时工一共七十人,要减到五十人才会有起色。"

"要减二十个人?不可能。那样工作就没法开展了。"

"那至少也要减十人。"

正当直弘闷声叹气时,门开了。祐理说声"打扰了",用托盘端着茶杯走了进来,把茶杯放到直弘和岸田面前。她个子高挑,因此裙子的下摆高过膝盖很多,手脚和手指也长,左手戴着一枚明显是手工制造的银色戒指。那是直弘送的礼物,小钻石项链也是直弘送的。

完成工作后,她鞠了一躬,走出房间。在此期间,直弘和岸田沉默不语。

"看来只有狠心裁十个人了。"直弘小声说道。

"现在这个时代,还有在入职典礼就要举行时取消录用的呢。这也没办法。兼职的和临时工一共十人,再加上一人,一共十一人,这是我的希望。这个公司不需要有人端茶倒水。"岸田说着拿下茶杯盖,喝起茶来。

"又是这件事。"直弘撇撇嘴。

"社长,你开公司多少年了?"

"二十六年了吧。"

"二十七年了。你三十岁创办保洁公司时,说实话,我没想到你能做成这样。现在可以说了，我其实只想赚点小钱。我当时也是刚打出税务师事务所的招牌，顾客很少。"

"我记得你当时常说不想赚太多钱。"直弘也端起茶杯。

岸田是直弘的大学校友，比他低一级。在他创办公司时，岸田给他介绍了注册会计师，从此直弘便将财务事宜全权委托给他，转眼已二十七年。

"你确实有商业才能。我没想到这个行业能有这么大的发展，所以此前我从没对你要做的事情插过嘴。但关于她，我得说几句。"

"你已经说很多遍了。"

"我再说最后一次。如果说你既然把她招进公司，就不能随便辞退，那么至少调个部门吧。社长秘书未免太明显了。"

"什么明显？"

岸田喝了口茶。"昨天有个刑警来我事务所问了很多问题，主要想知道她的情况，比如她和清濑社长你是什么关系，是怎么认识的。我都难以回答，真着急。"

"你不必着急，只要说自己知道的就行。"

"难道要说她是你在常去的夜总会里认识的女招待？"

"不行吗？"

"当然不行啦。我没办法，只能说不清楚。"

"哦，那也行。"

"社长，不是我说你，把自己的女人留在公司是不行的。要是想在一起，你们结婚不就好了。你也是单身，没人会说你。"

直弘看着岸田那张颧骨突出的脸。"前妻刚被杀，我就结婚，别人会怎么说啊。"

"那就别结婚,让她住在家里。"

"那在外人看来会更奇怪。反正这是我的事,你别管了。我不想连这种事都被你管理。"

"这不是管理,而是忠告——"

"这些文件……"直弘拿起桌上的文件,"我会慢慢看。等之后的方针确定下来,我再联系你。"

岸田叹了口气,摇摇头站起身来。"对员工来说也不好。忽然招进一个漂亮女人,员工们不可能不起疑心。"

"谁想说闲话就说吧。员工说社长的坏话也不是什么稀罕事。"

"到时候后悔可来不及啊。"

岸田离开后不久,一脸无辜的祐理没敲门便走了进来。

"你都听到了?"直弘说道。

"外面能听到。我好像给您添了很大的麻烦。"

"别在意,社长是我。"

"话是这么说……其实昨天回家的路上,我被刑警叫住了,是个姓加贺的人。"

直弘皱起眉头。"我知道,是辖区的刑警。我去看峰子的房间时打过招呼。他找你有什么事?"

"不太清楚,问的都和案件无关。"

"比如呢?"

"他说我个子很高,问我平常做什么运动,喜欢什么样的饰品。"

"饰品?"

"他看到我的戒指,说非常罕见。"祐理伸出左手,"还让我给他看看。"

"你给他看了吗?"

"我想不到拒绝的理由。"

直弘点点头,叹了口气。"没办法啊。"

"我该怎么做?"

"什么都不用做。"直弘说道,"没问题,那个刑警不可能搞出什么名堂。"

3

两人约好的见面地点是一家咖啡馆,木窗和砖墙古色古香,红色遮阳棚上方的招牌醒目地写着"大正八年创业"。店里的方形木桌整齐有序,桌旁放着小椅子。

咖啡厅的上座率在三分之一左右。虽也有公司白领,但大多都是当地的老人在谈笑风生。弘毅听说很多咖啡馆都经营困难,这里可能就是靠这些客人勉强维持。

"你发现这家店的招牌上写着'喫茶去'了吗?喫茶店[①]的'喫茶'加上了一个'去'字。"加贺端着咖啡杯问道。他今天也是一副休闲打扮,T恤衫外罩着衬衫。

"我一直在想那是什么意思。"

加贺闻言,一脸高兴。"这是禅宗的语言,也就是禅语。据说是'喝点茶吧'的意思。"

"是这样啊。"

[①] "喫茶店"在日语里意为咖啡馆,主要供应咖啡、红茶等饮料,兼售点心等小吃。

"但这个词原意有些不一样。原来是'去喝茶'的意思,是在催促对方,不知从什么时候开始便作为招待的意思使用了。"

"加贺先生不愧是本地人,真熟悉啊。"

加贺露出不好意思的笑容,摆摆手。"我刚到任,是个新参者,这些都是一个熟悉本地的人告诉我的。这里很有意思,光是在街上走走,就会有很多发现,比如烤鸡店的特色是鸡蛋烧。你母亲每天都去水天宫参拜,散步本身也是一种乐趣啊。"

他的话好像和案件无关,却在不知不觉间切入了正题。这大概就是刑警说话的技巧,弘毅深感佩服。

"对了,你想问什么?"加贺说道。今天是弘毅约他出来的。

弘毅喝了口冰咖啡,表示想知道母亲和高町律师之间邮件往来的内容。他坦承自己去问过高町静子,但对方没告诉他。

加贺盯着咖啡杯,默默地听着。弘毅说完后,他抬起头来,眨了眨眼睛。"我服了你了。我看起来像是会滔滔不绝地讲办案机密的人?那就不配做刑警了。"

"不是,绝不是那么回事。我只想多了解母亲生前的生活,又想不到别的方法……但加贺先生您说不定会告诉我以前的事……对不起。"弘毅双手握拳放在膝上,掌心都是汗水。

加贺将咖啡杯放到桌上,脸上浮现出平静的微笑。"我在开玩笑,你不必那么担心。我虽然不能随便将办案机密泄露出去,但有时也会为了办案特意泄露的。"

"啊?"弘毅看着他。

加贺探了探身,将胳膊放到桌上。"在回答你的问题前,我还有个问题,是关于你父母离婚的。你认为原因是什么?"

"离婚的原因?我已经跟其他刑警说过,应该是性格不合。"

"在你看来,离婚是理所当然的?"

"听说他们离婚时,我并不意外。父亲说是母亲任性地提出来的,但父亲对家里不管不顾,母亲受不了也很正常。"

"原来如此。"

"这怎么了?"

加贺不答反问:"你知道你母亲得到的财产数额吗?"

弘毅有点吃惊。"我完全不知道。"

"哦……"加贺陷入沉思。

"那个……"

"三井峰子女士,你的母亲,"加贺继续说,"最近可能需要钱。当然,她离婚时得到了一些钱,但她好像觉得仅靠那些心里没底。我想原因可能有两个。一是翻译工作不顺利,原来把工作分给她的朋友忽然要去英国。另一个原因你也能想到吧?她认为长孙就要出生,想给你们一点援助。"

弘毅听着听着,一个想法闪现在脑海中。"母亲是跟高町律师咨询关于钱的事情?"

加贺再次拿过咖啡杯。"关于这件事,我既不肯定也不否定。总之三井女士好像要再次和清濑直弘先生就财产分配进行交涉。"

"真任性啊。"弘毅不由得皱起眉头,"虽说责任在父亲,但提出离婚的是母亲,既然已经商量好了数额……"

"好了好了。"加贺让他先不要着急,"我已经说了,三井女士的生活发生了很多意外。从某种程度上说,她也是不得已而为之。而且三井女士也并不认为自己想交涉便可以着手,而是认为如果有相应的理由,或许是可能的。"

"相应的理由?"

"她发现了婚姻无法维持的新原因,而且是对方的原因,这样就能以精神赔偿为由重新申请财产分配。"

加贺拐弯抹角,弘毅不知所云。但一番思考后,他终于明白了加贺的意思。"您是说我父亲有外遇?"

加贺发现弘毅抬高了嗓门,慌忙环顾四周,又将视线转到弘毅身上。"从你的反应看,你没什么线索吧?"

弘毅摇摇头。"我怎么会想到啊,最近一直没见过父亲。即便真有此事,我也不可能发现。"

"以前呢?你父亲有没有和女人不检点?或者父母有没有因为这种事吵过架?"

"据我所知,一次也没有。父亲不问家事,但不是因为他在外面玩。他是个工作狂,难以想象会有外遇。"

加贺点点头,有点犹豫地从口袋里拿出手机按了几下,然后将屏幕朝向弘毅。"我这样做违反规定,所以请你对看到的东西保密。"

画面上是一个穿正装的年轻女人,看神情好像没发现有人正给她拍照。

"偷拍的?"弘毅问道。

"所以说是违反规定的。"加贺咧嘴一笑,"你对她有印象吗?"

"真漂亮。我没见过。"

"请再仔细看看。没见过吗?"

弘毅再次凝视屏幕。"像是在哪里见过,但可能只是错觉。"他说。

"是吗?"加贺将手机放回口袋。

"那个人是谁？"弘毅问道。

加贺脸上又浮现出一丝犹豫，然后说道："是清濑直弘身边的女人。请不要误会，现在还没确认他们之间是恋爱关系。"

"但您在怀疑吧？怀疑她是我父亲的情人。"

"情人这个称呼有些奇怪，清濑先生现在单身。离婚后他和谁交往是他的自由，前妻也不能因此要求他赔偿。"加贺强调了"离婚后"这个条件，弘毅立刻理解了他的意图。

"如果我父亲在离婚前就开始和那女人交往，说不定我母亲就可以要求他支付精神赔偿金。"

"你的感觉真敏锐。"加贺笑道。

"您偷拍那女人，是由于您认为她和案件有关吧？"弘毅边说边想到一种可能性，"在我父母离婚前，那女人就是我父亲的情人。母亲发现了这一点，所以父亲把母亲杀了？"

加贺端详着弘毅的脸。"你不仅感觉敏锐，推理能力也很棒。"

"请别开玩笑了，是那样吗？"

加贺恢复了严肃，将剩下的咖啡一饮而尽。"警察会设想各种可能性，也有人正按你说的这一种进行调查。"

"您怎么认为？也在怀疑我父亲？"

"我？怎么说呢，怎样都无所谓吧。辖区的刑警只是协助警视厅办案而已。"加贺看了看手表，"都已经到这个时间了。对不起，本想跟你多聊一会儿，但我还有事。"他拿着账单站起来。

"让我来付……"

"你还在学习，得节约。"加贺走向柜台。

4

看见直弘从大楼正门走出来,弘毅赶紧缩回脖子,但直弘其实不可能注意路对面的快餐店。

直弘伸手拦下一辆出租车,上车离开了。平时,他都是走到车站坐电车回家。

过了一会儿,一个穿白衬衫的年轻女人也从正门走了出来,正是弘毅在等的人。他感到血液瞬间涌上头顶,猛地站起来,磕到了小腿。

他匆匆走出快餐店,跟在女人的后面。她正往车站方向走,幸好没有同伴。

直弘的公司里有个职员弘毅从小就认识。昨晚,他给那人打了电话,询问直弘的近况。对方大概不知道弘毅的意图,一开始说话非常慎重。弘毅着急起来,便直截了当地问道:"听说我父亲有了情人,是真的吗?"

对方顿时变得语无伦次。"哎呀,那是谣传,谣传而已。那人年轻,长得漂亮,所以大家只是开开玩笑,请不要当真。"

见对方试图掩饰,弘毅紧逼不舍。他表示自己会判断真假,只要告诉他详情就行。

"你要保密啊。"对方提出这一条件,然后道出一个名字——宫本祐理。她从今年四月开始成为直弘的秘书。

弘毅确信,那肯定就是照片上的女人。那个疑似宫本祐理的高个女人正挺直身子快步走着。她步幅很大,弘毅小跑着才能跟上。

终于追到身后,弘毅调整了一下呼吸,叫道:"宫本小姐。"

女人停下脚步，握着挎包背带回过头。一看到弘毅，她猛地瞪大了眼睛。

弘毅鞠了一躬。"不好意思把你叫住。我是清濑直弘的儿子弘毅。"

她眨眨眼睛。"嗯……"

"我想问件私事，十分钟就行，你有时间吗？"

她内心的波动尽数表现在眼神中。忽然听人这么说，想来无论是谁，情绪都会产生波动。弘毅等着她平静下来。

这并没用太长时间。

"我知道了。"她直视弘毅的眼睛。

走进甘酒横丁不久，清濑直弘就听见身后有人喊道："清濑先生。"他回过头，发现加贺正朝自己走来。

"真是奇遇啊。不，或许不仅仅是偶然吧。"

加贺不好意思地笑着挠挠头。"最近您经常来日本桥，这在搜查本部已经传开了。"

"您是说有人跟踪我？"

"请别想得那么夸张。掌握相关人士的行踪，对于调查很重要。"

直弘撇了撇嘴，耸肩道："您找我有何贵干？"

"有几件事想问您。首先是您经常来日本桥的原因。"

"不回答不行？"

"是不可告人的内容吗？"加贺笑道。

直弘吐了口气。"边走边说可以吗？"

"正如我愿。这里非常适合散步。"

两人并排前行。时值傍晚，已没那么热了，不知从哪里传来了风铃声。

路过一家卖三味线的商店时,直弘在陈列柜前停下脚步。"听说峰子搬到小传马町是有特别的原因。我听我儿子说了,想知道是什么原因,才来到这里。我想在这里走走,也许能找到。只是我儿子说和我完全无关。"

加贺没有回答,陈列柜的玻璃上映出一张非常忧郁的脸。过了一会儿,他开口说道:"清濑先生,您为什么答应和三井峰子女士离婚呢?"

直弘打了个趔趄。"现在有必要说这个?"

"和宫本祐理小姐无关。您不是因为有了她才想离婚,是吧?"

"您想说什么?"

"您如今才重新认识到自己是多么爱三井峰子女士,您的妻子,所以才来这里,想知道妻子曾经如何生活,不对吗?"

直弘缓缓地摇摇头。"我对峰子的感情一直没变,用不着重新认识。离婚对我们来说也是正确的选择。为了确认选择的正确性,我才想知道峰子在做出这个选择后发现了什么。"

加贺边思考边拿出手机。"清濑先生,今晚您有安排吗?"

"今晚?没有。"

"那我们去喝一杯如何?关于三井峰子女士,我有几件事要跟您说。"

弘毅和宫本祐理走进一家自助咖啡馆。他们选择了最偏僻的角落,不想让别人听到他们的谈话。

"我就开门见山了。你和我父亲是什么关系?"他声音低沉,却又足以让对方听清楚。

宫本祐理盯着盛有拿铁咖啡的杯子,答道:"我是他的秘书。"

"我不是问那个。"弘毅探了探身,"我是问你们有没有私人交往。"

宫本祐理抬头,说道:"那是个人隐私,我没有义务回答你。"

这让弘毅感到意外。他原以为对方既然乖乖地到这里来,肯定会将实情和盘托出。"我是他儿子,有权知道他的异性关系。"

"那你问你父亲不就好了。"

"他不太可能跟我说实话,所以才问你。"

"那我就更不能告诉你了。清濑社长应该有他的考虑,我听他的。"

弘毅在桌子下面晃起了左腿,这是他着急时的习惯。宫本祐理对他内心的焦急完全不感兴趣,若无其事地喝着咖啡。

真是一个美女。弘毅在焦急的同时这样想道。她已有了成年女性的沉着,但仔细一看还很年轻,和弘毅应该相差不到十岁。

"警察在怀疑我父亲,可能是他杀了我母亲。如果你是他的情人,你们的关系在离婚前便已开始,我母亲就能要求精神赔偿。他不想支付这笔钱,就杀了我母亲。"

宫本祐理瞪大眼睛。"这怎么可能!你不相信自己的父亲吗?"

"不是我,是警察这么想。"

但宫本使劲摇头。"重要的是你的想法。要是你相信自己的父亲,不管别人怎么说,你都不会动摇。"

听到对方劝诫的语气,弘毅不由得咬紧牙关。"那我只能说,我并不相信他。"

宫本竖起双眉。"当真?"

弘毅的表情舒缓下来,说道:"原来你也用这种词啊。"[①]

[①] 宫本祐理说的"当真",日语原文为"マジ",属于俗语。

"这不是重点。是真的吗?你不相信他?"

"我不相信他,或者说我无法相信他。他对家里不管不问,母亲提出离婚时他也没有反省,离婚后又把你放在身边。想让我相信他是不可能的。他连我母亲的葬礼都没参加。"

宫本祐理仰起头,小声嘀咕了一句。

"怎么了?"弘毅问道。

她不回答,只是一个劲地小声说:"不行了,我已经不行了。"

弘毅正要喊她,她已重新坐正,眼神中充满坚毅。

"弘毅,我有件事要跟你说。"

"嗯?"

"这本来不是我的职责,但我忍不住了,只能让你知道事情的真相。"

"真相?"

"你别说话,听我说。"宫本祐理把咖啡一饮而尽,似乎在给自己打气。

5

加贺把直弘带到一家名为松矢的料亭。直弘见招牌上写着"料亭",还以为是非常讲究的餐厅,但服务员带他们去的不是单间,而是摆着桌子的大厅。

直弘对餐厅的关注仅止于此,因为加贺开始讲述,他全神贯注地聆听。加贺讲的是峰子搬到小传马町的原因。她一直在寻找儿子的消息,以为他的女友怀孕了,便决定留在他们身边,但那只不过是因各种偶然而产生的误会。正像弘毅所说,一切和直弘无关。如果峰子没有被杀,直弘或许会笑她愚蠢。但现在不一样,光是听到这些话,他就感到胸口作痛。

"如何?"加贺把话说完,拿过啤酒杯。

飞驒啤酒是这家店的一大特色,直弘也点了一杯,但和加贺一样,还一点都没喝。

"我很惊讶,没想到案件背后还有这样的故事……"直弘直率地表达感想。

"据律师高町女士说,峰子在离婚时并非没怀疑过您出轨。她好像也想过,如果详细调查,说不定能查出什么。但她最终选择协商解决,因为她迫切地想自立。可后来她又想索要精神赔偿金,我想应该有非常重大的原因。"

"因为儿子有了孩子?原来如此。"直弘喝了口啤酒,"但我并没出轨。"

"听说您公司的人已经开始议论宫本祐理小姐了,三井峰子女士听到传闻也不奇怪。她认为找到了向您索要精神赔偿金的证据。"

直弘轻轻摇了摇头。"真蠢……"

"在您看来或许愚蠢,但对于一般人来说,一个男人刚离婚便把一个来历不明的女人放到身边,总会让人怀疑他们是否已交往很长时间。而且你们确实从很久之前就交往了。问题是你们的关系。既然是男人和女人,周围的人只会想到一种可能。你们该不会有血缘关系吧?"

直弘吃惊地看着加贺。这个日本桥的刑警好像并没意识到自己说了不得了的话,悠然自得地夹起小菜送到嘴边。

直弘长叹一口气。"果然不出所料。听祐理说起你时,我就猜你可能已经发现了我们的关系。你问她戒指的事情了吧？"

加贺点点头。"宫本小姐左手的戒指是手工制造的，而且不知当说不当说，那还是个外行的作品。戒指和她的打扮并不相称，因此我想可能是很重要的人送的。我以前见过类似的戒指，是用五十元硬币锉的吧？"

直弘用指尖挠了一下眉毛，不好意思地笑了。"这都被你看出来了啊。"

"据说在二十多年前很流行，没钱的男人用这种方法做戒指送给心上人。现在已经没人那么做了，即便做，也会按照无名指的大小，而不是小指。"

"那是送给那孩子母亲的礼物。"

"我已经猜到了。那位女士个子很小吧？手小，手指也细，所以戴在无名指上正好。"

"那时我才二十几岁，也没有钱。"直弘咕咚一声喝下啤酒。

那时还没那么多练歌房，街上遍布可以唱卡拉 OK 的小酒吧。直弘大学毕业后没找工作，在那种地方打工，工资低得无法想象，但他认为只要年轻能干活，就不用攒钱。

店里有个叫户纪子的女人，比直弘大五岁，离过婚。她不是老板，但负责打理店内一切大小事务，就是所谓的常务妈妈桑。

有一次直弘送喝醉的户纪子回家，两人发生了关系。直弘由此迷上了她，她好像也很爱直弘。

户纪子过生日的那天深夜，打烊之后，直弘拿出了生日礼物——一枚用五十元硬币锉的戒指，并向她求婚。

她感动得流下泪来，连声道谢，还说会一辈子把这个戒指视作宝贝。

但那天晚上，直弘并没得到答复。

"明天开始我要回娘家住三天，然后再答复你。我也有东西要送给你。"户纪子红肿着眼睛笑道。

此后三天，户纪子都没来店里，第四天也没有出现。代她管理店里事务的酒保告诉直弘，她已经辞职了。

直弘去了她的住处，但已人去楼空。不久，茫然的他收到了她的信，上面没有写寄件人的地址。

户纪子在信里说，直弘向她求婚，她真的很高兴，但不想毁了直弘的前程，只好选择离开。她还激励直弘，说父母好不容易供他上了大学，即便是为了报答父母，他也应该认真寻找自己该走的路。

直弘感到一盆冷水浇到了头上。他这才知道父母多么宠自己，自己又是多么天真。户纪子的信字里行间都充满对直弘的爱，但也可以解释为是对不成熟的人的安慰。

那天之后，直弘就像变了一个人。他辞掉了夜里的兼职，到一家家政公司当学徒。选择家政公司，是因为他想证明自己什么都能做。

他的判断奏效了。在家政公司学到的专业技术成为他后来创立保洁公司的基础。

"两年前，我在银座的夜总会发现了祐理。我非常吃惊，她长得和户纪子一模一样。更令人吃惊的是，她戴着这枚戒指。"

"当时她也戴着？"加贺问道。

直弘点点头。"我问戒指是哪儿来的，她的回答让我非常意外。她说那是母亲的遗物。她母亲在三年前患胰腺癌去世了。"

你母亲的名字是——话到嘴边，直弘又咽了回去。他要先整理一下思绪。

他又去了几次那家店，每次都指名点祐理，想问出她的身世。她并非总说实话，但她说自己出身于单亲家庭，这一点应该没错。不久，直弘便知道了一个决定性的事实——祐理的出生日期。如果她没说谎，她母亲正是在直弘和户纪子发生关系的那段时期怀上她的。

一天晚上，直弘终于下定决心，对祐理说想跟她单独谈谈。

"我绝无恶意，只是有非常重要的话跟你说，是关于你母亲的。如果没猜错，你母亲叫户纪子，对吗？"

祐理瞪大眼睛问道："您怎么知道？"

直弘立刻确信了一切，他一阵眩晕，感到难以置信。

夜总会关门后，直弘带祐理去了一家他常去的日本料理店，因为那里有单间。房间里只剩下他们时，直弘跪在榻榻米上，双手伏地，低头行礼，告诉祐理自己便是她的亲生父亲，而且不知道当时户纪子已经怀孕。

"我向她道歉，说让她们娘俩受苦了。她们明显过得很苦，我虽然不知情，但也有责任。如果我成熟一些，户纪子说不定会接受我的求婚。"直弘手拿酒杯说道。

菜陆续端了上来，酒也换成了日本清酒。好像是富山的酒。

"宫本小姐有什么反应？"加贺问道。

"当然很吃惊。她好像难以立刻相信，这也难怪。但她似乎早已感觉到，我并非只是一个中意她的客人。那天我们没怎么说话就分开了，但后来她跟我联系，说要好好谈谈。"

"你们似乎谈得不错。"

"我当时有家庭，不能马上在方方面面都帮祐理，就想暗地里资助她。"

"就在那时,您妻子提出了离婚?"

直弘忽然笑了起来。"真讽刺啊。我从和户纪子的事中明白了一个道理,那就是男人要想让女人幸福,就得像牛马一样工作。但峰子的行动又告诉我,仅仅那样也不行。我真是蠢极了。"

"但您倒是可以将祐理留在身边了。"

"我想尽一个父亲的职责,因为总不能一直让她在银座工作。我意识到会产生一些奇怪的流言。我想等时机成熟就向大家宣布。本来必须先跟弘毅说的,但没想到发生了这样的事,我的计划全乱了,弘毅好像也越来越讨厌我,根本没法跟他谈这些。"

直弘一口喝干杯中的酒。一直以来,他都想和儿子一起喝酒,倾听儿子的烦恼,从父亲的角度给他一些建议。但实际上,他们只要一说话就会吵架,根本感受不到父子间的心灵相通。

加贺忽然放下筷子,挺直身子说道:"清濑先生,您通过和三井峰子女士离婚得到了什么吧?"

直弘的脸色变得很难看。"您这话真令人厌烦。"

"我不是故意让您反感的。三井女士误以为儿子的女友怀孕了,便搬到附近,您刚离婚就将祐理叫到身边。离婚后,你们寻求的都是自己的家人,都渴望家人的情感。家人的纽带是扯不断的,清濑先生,您和弘毅也是一家人,这一点您别忘了。"

直弘看着加贺。加贺脸上浮现出不好意思的微笑,又拿起筷子。"抱歉,我出言不逊。"

"哪里。"直弘小声说道。这时,他上衣口袋里的手机邮件提示音响了。他说了声"对不起",取出了手机。

邮件是祐理发来的,标题是"紧急"。直弘慌忙查看,随即发出惊叫声。

祐理是这样写的：

> 我正和弟弟在一起，要是您能过来，跟我联系。祐理。

加贺见他看着手机一动不动，便问道："怎么了？"

直弘一言不发地让加贺看了邮件。加贺起初也很惊讶，但立刻笑容满面。

"新家庭好像已经开始了。赶快去吧，我会跟这里的老板娘说明情况的。"

"谢谢。"直弘站起身来。就要离开时，他问道："加贺先生，您仅仅根据那个戒指，就推断出祐理是我的女儿吗？"直弘心想，若果真如此，那可真是一双惊人的慧眼啊。

加贺调皮地笑道："实际上，在看到她的那一瞬间，我就猜到了。"

"怎么会？"

"他们很像啊，祐理和弘毅。"

"啊……"

"弘毅也说好像在哪儿见过祐理。"

直弘看着加贺，点头感慨。"我还有一个问题，加贺先生，您的职衔是什么？"

"警部补。"

"您真该当警部啊。"说完，直弘朝出口走去。

第八章 民间艺术品店的顾客

第八章　民芸品屋の客

1

那位顾客出现时，藤山雅代正在里面的柜台边整理收据。时针刚转过六点。如果不是周末，到这时基本已没有顾客。所以她专心致志地按着计算器，过了很久才注意到客人的存在。

说是顾客，但也不知道会不会买东西，可能仅仅是出于兴趣而驻足浏览。但即便如此，雅代也不会放过机会。她起身朝门帘走去。

顾客是个三十五六岁光景的男人，一身便装，T恤衫外罩着蓝色短袖格子衬衫。他正在看竹陀螺。陀螺共有大中小三种，每种都画着红、白、绿色的同心圆。他把一个最小的拿在手中。

"非常怀念吧？"雅代招呼道，"像您这个年纪的人，小时候应该都玩过。"

"我想起了那时的事情。"男人抬起头来笑道，露出了雪白的牙齿。他的脸棱角分明，肤色略深，牙齿雪白。"不愧是人形町，现在还有卖这种东西的店。"

"我们店里还有很多怀旧玩具。"雅代指了指旁边的柜台，"拨浪鼓之类的，都是手工制造的，而且全都使用国产材料。"

"因为都是日本的传统工艺品？"

"这是原因之一。我不喜欢在店里放材质不明的玩具。小孩子可能会把玩具放进嘴里，所以我们的玩具不仅在材质上，在颜料使用上也非常注意，小孩子即使舔到也没有危害。"

"啊，那可真了不起。"男人的视线扫过其他玩具后，又低头看着手中的陀螺。

"这个陀螺产自群马县，进货时都没上色，是我们店再加工的。"

"陀螺线也是群马产的？"

"不，陀螺线是从别家买的，也是用天然的材料做的。"

男人点点头，将陀螺递给雅代。"我要这个。"

"谢谢。"雅代接过陀螺和钱，回到柜台里面，心想多亏跟这个顾客打了个招呼。她一直认为，对手工制造的工艺品感兴趣的人，肯定不会讨厌与别人交流。

二十四年前，雅代在人形町开了这家童梦屋。她的娘家在日本桥一带经营绸缎庄，她便以加盟的方式开了这家民间工艺品店。她年轻时就对日本的传统工艺品感兴趣，收集了一段时间，便想把收集工艺品作为一生的事业。她不但亲自到产地进货，还在店里制造原创商品。借着娘家绸缎庄的资源，很多商品都是用丝绸做的。

雅代将陀螺包装好，从收银机中拿出零钱。她抬起头来，发现男人就站在旁边，正看着货架上的手提袋。

"这都是专门用新布做的。"雅代说道，"不是用布头拼接的，更没用旧布。"

男人笑道："您真注重材料。"

"那是当然。这都是接触身体的东西。"雅代将陀螺和零钱递给他。

男人收好零钱,环视店内。"这里几点关门?"

"根据每天的情况有所不同,大都在七点多吧。"

"有没有顾客很多的时间段?"

雅代苦笑道:"休息日多少会热闹一点,但也不算多。我开这家店只是出于爱好。"

男人点点头,看着已经包好的陀螺。"这种陀螺好卖吗?"

"算不上好卖,偶尔会卖出一两个。买主多是上了年纪的人,大概是送给儿孙的礼物吧。大家都说,现在虽然电脑游戏很流行,但这种东西还是会让人感到温馨。"

"我也有同感。最近有人买这种陀螺吗?"

"陀螺啊,这个……"雅代有些疑惑。这人为什么会问这样的问题?别人买陀螺跟他有什么关系?

大概是看到她疑惑的样子,男人有些不好意思地笑着说道:"对不起,我这样刨根问底的确可疑。实际上,我是……"他从棉质裤子的口袋里拿出一个深褐色记事本,纵向打开,递到雅代眼前。里面有一张身份证明和一枚徽章。

"啊,警察先生……"

"我是日本桥警察局的。我想尽量让谈话轻松一些,所以没有说明身份。"

男人自称姓加贺。雅代听后又看了他一眼,发现他温柔的表情里带着一种让人无机可乘的精悍。

"我家的陀螺怎么了?"雅代提心吊胆地问道。

"不、不,"加贺慌忙摆手,"没什么特别的事,和陀螺无关。我在找买陀螺的人,而且是最近买的。"

"您在调查什么？"

"我一定得说吗？这和你们店没有任何关系。"

"可您要是不说，我心里会有疙瘩。我们店里的顾客和您要调查的事有关吧？"

"现在还不清楚。您还是别问为好，要是您听到了不该听的事，下次那位客人再来，您就不能像平常一样和他交谈了。"

"啊，那倒是。"

"您还记得买陀螺的顾客吗？"加贺再次问道。

"请稍等。"雅代开始查询刚才整理的收据和记录。只要仔细查看，就能知道何时卖了何种商品。

雅代虽对加贺说偶尔能卖出一两个陀螺，但实际上并不好卖。雅代并不记得最近卖过陀螺。她看着收据，忽然"啊"了一声。

"找到了吗？"

"对，六月十二号卖出去一个，和您买的一样。"

"再以前呢？"

"再以前……我想应该是在一个月之前了。"

"那十二号买陀螺的那位顾客，您还有印象吗？"

"那天不是我卖的，是在这里打工的女孩卖的。"

"哦，那个女孩什么时候再来？"

"明天会来。"

"嗯，那我明天再来。我能跟她聊聊吗？"

"那倒是没关系。我能告诉她您想问什么吗？"

"可以，那明天见。"加贺拿着陀螺走出了商店。

"那不是最近都在谈论的案件吗？小传马町凶杀案。"菅原美咲边系围裙边说。

"小传马町发生了这种事？"雅代吃惊地问道。她第一次听到这个消息。

"您不知道吗？听说菜穗家也来了警察问这问那的。"

"菜穗？仙贝店的菜穗？"

"是啊。"

仙贝店咸甜味与童梦屋并排，上川菜穗是那家店店主的独生女儿。也许因为年龄相近，美咲和她关系不错。

"刑警为什么去仙贝店？"

"我没问。"美咲歪了歪脑袋。

"真让人不舒服。我们家的陀螺要是和凶杀案有关怎么办？难道是重要的证据？"

"那怎么了？说不定还能成为话题呢。"

"我可不想，给人的印象也不好。"

"哦。啊，可是……"美咲看了看收银台上的日历，"卖陀螺那天是十二号。我记得小传马町凶杀案是那之前发生的，所以陀螺应该不会成为证据。"

"是吗？"

"没什么大不了的。"美咲满不在乎地断言。

午后，加贺出现了，衬衫的颜色和昨天不同。雅代坐在收银台后面的椅子上，听他和美咲对话。

"那位顾客是在十二号的几点左右买走陀螺的？"加贺问道。

"应该是六点刚过，因为天已经开始黑了。"

"你还记得客人的样子吗？"

"是个中年男人，个子不高，穿西装，像是刚下班。"美咲已从雅代那里听说刑警的目的，回答起来很流畅。

"看到照片的话你能想起来吗？"

"估计够呛。"美咲摆摆手，"我很少看顾客的脸，能看见的也就是手或背影。"

雅代在一旁想，那怎么能行呢？如果不在一旁若无其事地观察顾客的表情，就无法知道顾客要买什么。

"你对那个客人还有别的印象吗？什么细节都行。"

美咲歪了歪脑袋，说道："没什么特别的……"

"陀螺有大中小三种型号，那人毫不犹豫地选择了小号？"

"这个……"美咲依然没有立即回答，"在那之前我正好在接待其他客人，所以不知道。他好像在陀螺前站了挺长时间。"

"哦。"加贺点点头，转向雅代。"十二号之后就再没卖出过陀螺？"

"除了您昨天买的那个。"

"我知道了。请把摆在前面的陀螺都给我，当然，我会付钱的。"

"啊？全部？"

"全部，不要包装。多少钱？"加贺拿出钱包。

"那个……警察先生，"雅代决定问一句，"我家的陀螺和小传马町凶杀案有关吗？会成为证据吗？"

加贺拿着钱包，惊讶地瞪大了眼睛。他眨眨眼，看了看雅代和美咲，露出一丝苦笑。"不愧是老街，什么都传得很快。"

"我猜得没错吧？"

加贺严肃起来，停顿几秒之后缓缓摇了摇头。"不，和这里的陀螺无关。重要的就是这个'无关'。"

雅代皱起眉头,问道:"什么意思?"

"这个嘛,到时候我会告诉您的,在此之前还请等待。请给我收据。"加贺拿出一张万元钞。

2

玲子正看着比萨菜单,桌上的手机响了。看到电话号码,她撇了撇嘴,是公公打来的。她本不想接,但她知道对方来电的目的。

"我是玲子。"

"啊,是我。我听克哉说,警察到家里来了?"

"是啊,前天。"

"哦……我已经到你家附近了,可以过去吗?"

"现在来吗?那倒是没关系,但克哉还没回来。他说会回来晚一些。"玲子有意降低音调。她不怕公公听出自己不情愿,反而希望他因此退缩。

但公公的反应并不如她所愿。"那也没关系。只要能跟你说话就行,反正警察见的是你。"

"那倒是……"

"我想听你说说当时的情况。那我十分钟后过去。这么突然,对不起啊。"他说完便挂断电话。

要是真觉得抱歉,就不要来了啊。玲子愤愤地盯着手机,心想不接电话就好了。独自生活的公公总会找个理由过来,这个月都好几次了。

玲子环视起居室,说实话不算整洁,地上散落着翔太的玩具和女性杂志,沙发上放着脱下来的衣服。玲子一边想着"真麻烦",一边站起身来。她顺手藏起了比萨菜单。要是让公公知道今晚她又不打算做饭,又该发牢骚了。

玲子收拾东西时,在隔壁房间睡觉的翔太醒了。

"妈妈,干什么呢?"

"爷爷要过来,我在收拾屋子。"

"咦,爷爷要来啊。"五岁的儿子眼中闪着期待的光芒。

"大概跟以前一样,很快就会回去。爷爷很忙的。"她说,其实这是她的愿望。

几分钟后,对讲机的铃声响了。

公公岸田要作提着泡芙,这是翔太最爱吃的。"晚饭时间过来,真不好意思。正在做饭吧?"要作坐在沙发上,看向厨房。

"我刚回来,正要做呢。"玲子边说边将一杯大麦茶递给公公。她看了一眼翔太,翔太正要打开要作的提包。"小翔,那可不行。"

"哦。在你这么忙的时候来,对不起啊。"要作边喝大麦茶边拉过提包,"我就开门见山了。警察来这里打听什么?"

"也没问什么,就问了十号晚上您来的事⋯⋯"

"怎么问的?"

"怎么问⋯⋯"玲子看着桌子。

来人自称是警视厅的上杉和日本桥警察局的加贺。这是她第一次与刑警交谈。

主要问话的是上杉,他说是为了确认一个与凶杀案相关的人的证词是否属实,首先确认了六月十日晚上要作是否来过。玲子回答"来过",他又询问详细时间。玲子照实回答,说是八点左右来的,约一个小时后便回去了。

"然后,他又问我和您说了什么。我说是关于婆婆三周年忌日的事。"

这也是事实。那天白天,要作给玲子打电话,说想和玲子商量她婆婆三周年忌日的事,问可不可以去她家。她记得当时公公说吃过晚饭再过来,她还因此松了一口气。

"还问什么了?"要作用试探的眼神看着玲子。玲子不喜欢这种眼神。

"别的……"

正当玲子思考时,一直独自玩耍的翔太走了过来。"爷爷,转一下这个。"他将陀螺和陀螺线递给要作。

"啊,乖,等一会儿啊。"要作摸摸翔太的头,说道。

"对了,还问了陀螺。"

"哦?"要作面露惊慌,"你给他们看这个陀螺了?"

"不是我给他们看的。当时翔太也像现在这样在旁边玩陀螺。于是……"

开口询问的是那个姓加贺的刑警。他说这个玩具最近很少见,并问在哪里买的。

玲子回答不是买的,而是公公拿来的,听公公说是一个朋友送的。于是加贺又问是什么时候。

"你怎么回答?"要作问道。

"我说是十二号。"玲子说道,"我说是您在十二号专程送来的。不行吗?"

"不……没事。关于陀螺还说了什么?"

"只有这些。刑警们很快就回去了,他们都彬彬有礼。"

"哦……"要作叹了口气,开始往陀螺上缠线。

"爸,那些刑警在调查什么?您身边发生了什么事?"

"没,没什么。我客户的公司里发生了一点不好的事,他们好像在调查。我也被怀疑了。"

"哦,那可麻烦了。"

要作经营一家税务师事务所,客户好像都是中小企业。玲子想,最近经济不景气,他大概常被卷入纠纷。

要作在翔太眼前扔出陀螺。陀螺在地上转了起来,但力道不大,很快便停了。即便如此,翔太还是非常高兴。

"现在技术不行了。以前转得很好呢。"要作捡起陀螺。

克哉到家时已过了十点。他脸颊发红,大概是喝了酒。他边解领带边走进厨房喝水。"搞什么鬼,今天晚上又是比萨。"他不满地说道,好像看见了空盒子。

"跟你有什么关系。反正你在外面吃好东西。"

"我也不是喜欢才在外面吃,这是工作。我是说营养,总让孩子吃那种东西不好。"

"也没总吃吧。我平常不都是好好做饭的吗?"

"那些冷冻食品和蒸煮袋食品能算饭菜——"克哉边打开冰箱边说,忽然停了下来,"今天有人来过吗?"他好像看到了盛泡芙的盒子。

"爸爸来过。"

"老爸?他又来了。什么事?"克哉解开衬衫的扣子,坐到沙发上。

"是关于前天警察来调查的事。是你跟他说的吧?"

"是啊。老爸怎么说?"

玲子跟克哉讲了与要作谈话的经过。克哉皱起眉头。

"客户的公司里出现了不法行为啊,老爸也真够累的。"他拿起桌上的陀螺和线。翔太已经睡了。

"爸爸的事务所怎么样?该不会一下子倒闭吧。"

"怎么会!应该没事。"克哉将线缠在陀螺上,用力扔了出去。陀螺却没转起来,滚到了墙边。

"喂,别把墙弄坏了。"

"真奇怪,以前玩得挺好的。"克哉不解地站起身,拾起陀螺。

"对了,今天信用公司给你打过电话。"

克哉一听,立刻停下了手。"说什么了?"

"是关于还钱的事,我告诉他们你的手机号码了,可能明天就会打给你。喂,你该不会又……"

"什么?"

"滞纳啊。要是这次又没还,可不得了。"

"别担心。"

"真的?我可不管啊。"

"你什么意思?又不是只有我花钱,你不也在用附卡买东西吗?"

"附卡信用额度有限,买一两次东西就用光了。"

"你也在花钱总是事实吧。"克哉将陀螺放回桌上,拿起上衣走出了房间。

玲子叹了口气,打开电视。六十英寸液晶屏的电视是今年才买的。除了购物,她最爱用这台电视看喜欢的DVD。

克哉虽说"别担心",但玲子觉得他一定又欠钱了。这种情况以前也发生过,当时是要作帮了他们。

玲子和克哉于六年前结婚。他们是高中同学，恋爱了五年多，但克哉对结婚的态度很消极，说自己才开始工作，想多积累一些社会经验后再考虑。可玲子看得出来，克哉是想再多玩玩。玲子害怕自己等到最后会两手空空。她相信克哉会跟她结婚，为此连工作都没找。

玲子开始想办法让克哉同意结婚。这件事并不难，只要怀孕就行了。在避孕方面，克哉一向都听玲子的。只要玲子说"今天是安全期"，他就完全不会怀疑。结果计划成功，玲子顺利怀了孕。起初克哉不知如何是好，但双方父母都非常高兴，他也终于决定跟玲子结婚。

玲子对至今为止的婚姻生活没有任何不满。虽然照顾孩子很辛苦，但是有还算年轻的母亲帮忙，她并没感到太大的精神压力。娘家就在附近，她可以把孩子放到那里，自己和老同学一起去玩。最主要的是，她不用担心钱的问题。玲子不知道克哉的工资有多少，也不知道他在银行里有多少存款。她只是在不过分的范围内，买自己想买的，吃自己想吃的。

她也觉得自己或许比其他年纪相仿的夫妻奢侈，但克哉并没让她省钱，因此应该没问题。

在玲子看来，即便没钱也没关系，因为还有要作。就算这次克哉又没还信用卡，要作也肯定会再次帮忙。

3

听到有人跟自己打招呼，雅代抬起头，看见加贺站在门口。"哦，警察先生，今天有什么事？"雅代摘下老花镜。

"也没什么,只是来道谢,谢谢您协助我调查。"加贺走近收银台,递过一个白色塑料袋,里面装着一个白色盒子。"这是水果杏仁豆腐果冻,不知是否合您的口味。"

"哎呀,用不着这么客气。"雅代说着接过。

加贺上次来是在三天前。"案子有进展吗?"听雅代这么问,加贺微微点了点头。

"多亏您的帮助,已经找到破案的线索,就差一点了。"

"那真是太好了。"雅代说完,忽然吃惊地看着加贺,"您刚才说多亏了我,也就是说案子果然和我家的陀螺有关?"

"不,那倒不是。"加贺挠挠头。

"那是怎么回事?请您说明白。上次您来了之后,我去查了小传马町凶杀案的情况,发现报道说死者是被绞杀的。我忽然明白了您为什么想知道谁在我家买了陀螺。"

"您觉得为什么?"加贺一脸认真。

"就是那个,陀螺线啊。有问题的不是陀螺,而是陀螺线。绞杀就是用绳子将人勒死啊。"雅代指了指加贺的胸口。

其实并不是雅代想到的,而是读了报纸后,在店里打工的美咲说的。

加贺面露惊讶,后退了一步。"真让人佩服!您怎么知道的?"

"这种事只要稍微动脑筋想一下就知道啦。也就是说,我家陀螺的线跟凶杀案……"

"不是,不是。"加贺慌忙挥了挥手,"您家在十二号卖出陀螺,凶杀案是十号发生的,对不上。"

"啊……"

美咲也说过,即便警察盯上了童梦屋的陀螺,这个陀螺也不可能是这起凶杀案的凶器。

"而且我们已经用科学的方法判明了凶器是一种什么样的绳子，和您家陀螺上的绳子都不一样。绳子也是有很多种的……"加贺说到这里，不好意思地笑了，"我这是在行家面前卖弄了。"

"说得对。传统的绳子有组绳、织绳、捻绳、编绳，还有……"雅代边掰手指边念叨。

"您家的陀螺线是组绳吧？"

"是的，是由几根线组合在一起做成的。虽然是机器做的，但材料都经过精挑细选，还要考虑陀螺线和陀螺之间是否合适，不是什么绳子都行。"

"是啊。"加贺点点头，"凶器不是组绳。"

"是吗？那我就不明白了，既然您已经查出来了，为什么还要调查我家的陀螺？莫非当时您还不知道凶器是什么样的绳子？"

"不，那时我已经知道凶器不是组绳了。"

"这就更奇怪了，那您为什么……"雅代看着加贺。

加贺微笑着环视店内。"我最近才调来，正在熟悉这条街的情况，也就是说，我是个新参者。"

"哦……"雅代不知加贺究竟要说什么。

"我去了很多地方，就是想尽早了解这里。然后我发现这里果然还保留着江户时代的古风，不，或许应该说是保留着日本文化。正因如此，才会有您家这样的店。"

"是啊，要不是在这条街上，我可能也不会想开一家这样的店。"

"又不是逢年过节，却在店门口摆着陀螺，这也因为是在这条街上吧？而且不止一家呢。我还发现了一家卖陀螺的玩具店，面向人形町大道。"

"啊,那里啊。那家店应该也有。"

"卖的陀螺不同,陀螺线也不一样。那家玩具店卖的陀螺线是捻绳。"

"捻绳……啊!"

就是像缆绳一样拧着的绳子。

"莫非凶器是捻绳……"

加贺没有回答,只是微微一笑,耸了耸肩。"陀螺线应该用来转陀螺,而不能杀人啊。"然后,他说声"打扰了",便转过身,大步从店中走出。

4

玲子一到家,就将手中的纸袋放在沙发上。在换衣服前,她从一个纸袋中拿出一个褐色的盒子,打开盒盖,撕下白色的外包装,里面是一个新款提包。她拿着包走向洗手间。虽然已在店里试了好几次,她还是想再看一下。

她站在卫生间的镜子前,变换各种姿势和拎包的方式,脑中只思考一个问题——怎样能让别人觉得好看,并得到艳羡的目光。

她见克哉什么也没说,便认为信用卡欠款一事已经解决,决定出去购物。她已经很久没去买东西了。包、连衣裙和化妆品——她感觉有点多,但反正信用卡可以透支,应该没关系。

她终于照足了镜子,认为包买得很值,便回到客厅。当她要换连衣裙时,门铃响了。

她觉得可能是送快递的。现在是下午六点刚过。翔太跟外公外婆去了动物园,玲子与他们说好七点去接他。

她拿起对讲机的话筒。"喂?"

"不好意思,忽然来访。我是前几天来过的加贺。"

"啊?"

"就是上次和上杉一起来的。"

"哦。"她终于想起加贺这两个汉字,是那个刑警。

"对不起,不知您有没有时间?有件事要问您。"

"现在?"

"是,不会占用您太多时间,也不是特别的事,五分钟就够了。"

玲子叹了口气。对方是刑警,不能拒绝,而且她也想知道要作被卷入了什么样的案子。

"知道了,我等您。"玲子说着打开自动锁。

正当她掩盖购物痕迹时,门铃响了。

加贺提着一个白色塑料袋,说里面是人形烧。"有馅儿的和没有的各一半。这家店口碑不错,请您和家人品尝。"

"是吗?那我就不客气了。"玲子的父母都喜欢甜食。她想,这回收到的礼物不错。

将加贺带到客厅后,玲子进了厨房,从冰箱里拿出一瓶乌龙茶,倒进两个杯子。

"您儿子呢?"

"和我父母去动物园了。"

"哦,真不错。"

玲子用托盘端着杯子走出来,发现加贺站在那里,那个陀螺在他面前转得飞快。

"哇，真厉害！"玲子不禁感叹道，"加贺先生，您真会转陀螺啊。"

加贺回头，笑道："也没什么。"

"转得真好，我丈夫和公公都不行。我丈夫玩的时候，陀螺摔在地上根本不转——"

玲子将托盘放到桌上，发现旁边有一根白色绳子，是陀螺线。陀螺线怎么会在这里？难道加贺没用陀螺线便让陀螺转了起来？

加贺弯下腰，捡起还在转动的陀螺。"您刚才出去了吧？"他坐回沙发，将陀螺放到桌上，手中没有陀螺线。

"我去见朋友了，刚回来，还没来得及换衣服。"

"是吗？那您见了朋友后又去买的东西啊。"

"啊？"

"我看见您两手都提着购物袋。"加贺坐在沙发上，说了声"谢谢"，然后将手伸向玻璃杯。

玲子不由得紧张起来。这个刑警好像不是偶然选择这时来的，而是一直在公寓旁等她。他刚才说没特别的事，难道是在说谎？

"您去哪里买东西了？"

"银座。"

"会在日本桥买东西吗？"

"偶尔，比如三越百货。"

"从这里打车大约要多长时间？"

"到日本桥吗？十五分钟……左右吧。"

"哦。果然还是这里方便啊。"加贺喝了口乌龙茶。

这栋公寓位于江东区木场，若乘出租车，到银座和日本桥都不远。玲子正因为喜欢这一点，才决定租下这里。

"呃，今天您想问什么事情？"

加贺放下杯子，挺直上身。"是关于六月十号的事。您能再说详细些吗？"

"再详细也只……"

"岸田要作先生说要跟您商量他妻子三周年忌日的事，对吧？那件事很着急吗？"

玲子歪歪头，一脸困惑。"这我就不知道了。还有两个月呢，我丈夫根本没放在心上，但爸爸好像一直想着。"

在玲子看来，婆婆的三周年忌日与自己毫无关系。

"你们商量好了吗？"

"也没有什么好不好的，就是决定开始准备了。"

"就这些？要是仅仅为此，倒也没必要专门见面。"

玲子嘟囔了一句"是啊"，皱起眉头看着加贺。"您为什么问这些？我们当时说话的内容有问题吗？"

"不，倒也不是……"

"还有，这到底是在查什么案子呢？请告诉我，爸爸和这个案子有什么关系？您要是不告诉我，我也不会回答任何问题。我没那个义务。"她提高了嗓门。要是吵架，她有不输给任何人的自信。

加贺皱起眉头，重重点了点头。

"是啊，或许我该告诉您案子的情况。"

"是某家公司的非法行为吗？"

"不，不是那种，是凶杀案。"

"啊？"玲子瞪大眼睛。这个回答令她极其意外。

"六月十号晚上发生了凶杀案，凶手现在还逍遥法外。我们正在调查相关人员当时的行踪,岸田要作先生也是其中之一。我们问他当时去了哪里,他说到您这里来了,所以我来确认一下。"

玲子长出一口气,但心跳还没恢复正常。

"是吗?这些事公公都没说过。"

"他可能是不想让您担心吧。一般人要是听说自己跟凶杀案扯上关系,都会害怕的。"

"是啊,我现在心还跳得厉害呢。"玲子抬起头来,"要是这件事,我倒可以明明白白地告诉您,那天晚上,我公公的确来了。他八点左右来的,九点多回去的。之后我就不知道了……"

加贺微微一笑,说道:"岸田要作先生说,他离开这里后,在新桥的酒吧一直喝到深夜。这件事我已经确认了。"

"太好了,也就是说他有不在场证明。"忽然,一丝不安掠过玲子心头,她感到自己的表情明显僵硬起来,"我在电视剧里看过,这种情况下家人的证词都是不可信的,是吗?"

加贺苦笑道:"不是不可信,而是可信度比较低,因为有包庇的可能。"

玲子这才明白刑警为什么揪着六月十号不放。他怀疑玲子说谎。如果家人之间只是统一了口径,肯定经不住他这样追问,最终会露出马脚。

"加贺先生,请相信我。那天我公公真来了,我没说谎。"玲子竭力解释。如果要作有杀人嫌疑,不知邻居会用什么样的眼神看自己,翔太也可能因此被欺负。

"您要是能证明就好了。"加贺说道。

"证明……"玲子试图回想六月十号发生的事情。有没有什么东西可以证明要作那天来过呢？

"我记得岸田先生是十二号拿来这个东西的吧？"加贺拿着陀螺，上面有一黄一白两个同心圆，"要是他十号来过，为什么当时没带来？真让人想不通。"

他的疑问不无道理，陀螺可能会成为要作十号没来的证据。玲子着急起来。

"不，我公公十号就拿来了。"

"十号？但前几天您还说是十二号。"

玲子摇摇头。"十号就拿来了，但忘了带陀螺线。"

"陀螺线？"

"他发现忘了带线，便没告诉我们他带陀螺的事。但是翔太……我儿子调皮，去翻他的提包，发现了陀螺。我问他怎么带着那东西，他说是朋友送的。"

"也就是说，他本来想把陀螺送给孙子，却忘记把陀螺线放哪儿了。"

"嗯，他说放在办公桌抽屉里了，过两天就带来，那天就把陀螺拿走了。"

"所以十二号他把陀螺和陀螺线一起带来了。"

"就是这样。大概因为我儿子非常喜欢那个陀螺，嚷着要，所以他才赶紧带来。"

"原来如此。"加贺点点头，"我明白了。"

"加贺先生，请相信我。十号晚上，我公公和我们在一起。"

玲子向加贺投去央求的眼神。她不清楚要作为什么会被怀疑，但她知道要作确实不在凶杀现场，因此想务必要对警察说明。

加贺表情缓和下来。"我不认为您在说谎，您的话非常具有说服力。

多亏了您,很多东西都吻合起来。"

"啊。"玲子终于放下心来,可心头忽然又掠过一丝不安。到底是哪个部分有说服力?什么叫吻合?

加贺说了句"打扰了",站起身来。他在门口穿上鞋,好像忽然想起了什么,将手伸进口袋。"对了。请把这个送给您儿子,有这个比较好。"他递过一根陀螺线,比要作拿来的那根更细,是像缆绳一样拧起来的。"陀螺都有适合自己的陀螺线。您家的陀螺如果用这根线,应该能转得很好。"

加贺打开门,但走出一步后又回过头来。"还有一件事我忘了说。凶杀案发生在日本桥的小传马町,时间是在七点到八点之间。"

"日本桥?七点到八点之间?"玲子小声重复了一遍,大吃一惊。要是这样,即便自己能够证明要作在八点时来过,他的不在场证明也无法成立。

加贺到底是来确认什么的?她正想发问,加贺道声"告辞",关上了门。

5

细雨绵绵,好像要把人的身体裹住。或许已经到了真正的梅雨季节。佐川彻来到店外,拉下帐篷,将摆在外面的商品向里收了收,都是积木、剑球和达摩落之类的传统木质玩具。这家店就在水天宫附近,刚生了小孩的年轻夫妇经常路过。小学生和中学生想要的玩具不摆在店前,否则很快便会被顺手牵羊偷得精光。他曾经将流行的布娃娃摆在前面,但最受欢迎的布娃娃都被偷走了，让人无可奈何。

他抬头看了看阴沉的天，发现有个熟人朝自己走来，是个穿白色T恤的男人。此人刚调到日本桥警察局，姓加贺。

"下雨了啊。"加贺用手遮着头。

"买卖的淡季开始了，但也可以认为是离旺季又近了一步。"

每个地方应该都一样。人形町周边也几乎看不到孩子，但到了暑假就会有很多孩子来店里。佐川心想，得做好进烟花的准备。他经营这家玩具店已大约二十年，大体知道商品的销售规律。

加贺看着木质玩具。视线前方是一个绘有绿黄同心圆的陀螺。

"对了，陀螺的事解决了吗？"

加贺微笑着点点头。"快了。您说得没错，我在童梦屋找到了。"

"对吧。那家店里有好东西，我偶尔会去看一下。"

这个姓加贺的刑警上次来时，问了佐川关于陀螺的事情。他首先问最近是否卖出过陀螺。

佐川说没卖出过，但被偷了。加贺很感兴趣，便问什么时候。

"六月十号。"佐川答道。他每天都检查商品的数量，摆在店前的陀螺的确少了一个。

加贺买了陀螺，并当场解下缠在上面的陀螺线，看了一会儿，小声说道："是捻绳啊。"因为很少有人知道这种绳子的名称，佐川听了很惊讶。

然后，加贺又问佐川知不知道其他卖陀螺的店。佐川只想到一家，就是童梦屋。听加贺的语气，他好像随后就去了那里。

"老板，您不问问吗？"

"问什么？"

"问我在调查什么啊。被警察询问时,一般人都会问'到底发生了什么''这是关于什么案子的调查'之类的。"

佐川哈哈大笑起来:"像我这种外行,即便知道了也没什么好处。既然刑警都出动了,想必发生了不好的事。就算问了,也只会让心情变坏。"

"要是大家都像您这样就好了。"加贺说道。看来他在调查取证时颇为辛苦。

佐川拿起陀螺。"开玩具店就是出售童年的梦,必须时常保持快乐的心情,所以我不想听到坏消息。但请告诉我一点,我家被偷的陀螺跟案件有什么关系?您不用说得太详细,我只想知道是不是给谁派上了用场。"

加贺稍加思索,轻轻摇了摇头。"我不能说,这是调查的秘密。"

"哦,果然如此啊。我知道了。加油干吧。"

加贺说了声"再见",消失在绵绵细雨中。

第九章　日本桥的刑警

第九章　日本橋の刑事

1

看到案发现场时，上杉博史觉得这起案件可能相当棘手。也没什么特别的理由，如果非说不可，就是凶手的好运。

六月十日晚上八点左右，小传马町的一栋公寓中发现了一具女尸，是死者的朋友发现的。

死亡时间据推断应该不超过两个小时，而且发现尸体的人说，她原本与死者约好晚上七点在死者家中见面。如果计划未变，她应该会在案发现场，或者可能目击到凶手。说凶手好运，正是因为这一点。

搜查本部设在分管案发地的日本桥警察局。上杉在那里见到了最早赶到现场的刑警加贺，此人刚从练马警察局调过来。

上杉听过几次这个名字。据说加贺靠敏锐的洞察力完美地侦破过多起凶杀案，而且曾在剑术方面称霸日本。

的确，加贺结实的身体上还残留着冠军的影子，但他那种满不在乎的表情却看不出一点敏锐的样子。上杉不喜欢他T恤配短袖衬衫的随意打扮。

"你总是这么穿？"自我介绍后，上杉问道。

"也不总是，但基本如此。最近太热了。"加贺朗声答道。

上杉心想，这可真是个讨厌的家伙！他曾经听说练马警察局的加贺有着非凡的头脑和猎犬般的眼睛，如今见到本人后倍感失望。他的头脑和眼睛都丢到哪里了？或许是传闻太夸张了。仔细想想，如果他真的那么优秀，早就调到警视厅去了。

关于死者三井峰子，很多事马上便调查清楚了。她从事翻译工作，半年前离婚并开始独居。发现尸体的人也从事翻译工作。

发现尸体的第二天，上杉奉组长之命，与一个年轻同事一起去找死者的前夫清濑直弘。

听到三井峰子的死讯，清濑直弘好像一时没反应过来，只是一脸茫然，机械地回答着他们的问题。过了很长时间，他才露出悲伤的表情。问话的间隙，他还忽然嘟囔道："是吗……那家伙……为什么……为什么会……"

他好像终于醒过神来，接受了现实。从他的反应中看不出任何表演的成分。

他非常配合，但上杉却没得到任何线索。这也难怪，他和前妻已半年多没见了。关于他的不在场证明，他说案发时自己正在银座和客户吃饭。这一点很快便得到证实。

接下来，上杉他们又见了死者的儿子清濑弘毅，一个小剧团的演员。

对于母亲被杀的原因，清濑弘毅也没有任何线索。他和母亲已经两年没有联系。他对父母离婚一事也持无所谓的态度，甚至不清楚他们离婚的原因。

"现在中年人离婚也不稀罕，随他们去吧。"清濑弘毅满不在乎地说道。

上杉再次认识到，所谓的孩子，终究只是这样的生物。他们误以为自己是凭一己之力长大的，很快便会忘记父母曾给予的保护。据说清濑弘毅从大学退学当了演员，但正因为他当时是个大学生，才有闲工夫沉迷于演戏。

看到清濑弘毅，上杉觉得这个人还没有长大。他的父母还必须严加监管，以防他走上歪门邪道。一个人到底有没有成熟，和年龄没有关系，需要父母的判断。这种判断对孩子的人生来说十分必要，而且只有父母能那么做。

他们又调查了清濑弘毅，发现他和一个叫青山亚美的女服务员同居。房子是女方租的，他只是蹭住。

果然不出所料，上杉心中嘲笑。根本就不是独立生活，只是换了保护人而已。上杉心想，自己如果是直弘，生拉硬拽也要把弘毅带回家。

和他们一样，其他侦查员也陷入泥潭。有目击者说在当天下午五点半左右看到保险推销员从死者房间走出。由于推销员的供词有疑点，大家还认为凶手就是他，结果他很快提供了不在场证明。至于不在场证明是如何确认的，上杉不得而知。

调查会议每天都开，但连嫌疑人都找不到。死者三井峰子的交友圈并不广，平常来往的仅限于几个非常要好的朋友。而且了解三井峰子的人都断言，她不可能招致别人的怨恨，也找不到什么人会因她的死亡而得到好处。但从现场情况判断，凶手的目的明显不是强奸或抢劫。

唯一的进展是，几个被认为不可解的谜团都已有了答案。例如现场的人形烧中为何有芥末，为何厨房里有新厨剪却又买了一把新的。只是在开会时，上司仅仅说"这些和案件无关"，至于是谁通过什么方式调查清楚的，上杉并不知道。

案发后第六天，终于发现了可以称为线索的东西——三井峰子的手机在案发前留下了一个来自公用电话的来电记录。警方查明，她是在离家二百米远的一家西饼店里接到了这个电话，店员听到了对话的一部分。

"喂……啊，什么啊。为什么用公用电话……哎呀，那可真糟。啊，稍等。"

据说当时的对话大体如此。值得注意的是，当时三井峰子没用敬语，因此对方肯定是她的家人、亲戚、朋友或者晚辈。

打来电话的人不一定是凶手，但很可能和案件有关。他们开始重新调查三井峰子的社会关系，彻查她学生时代和做家庭主妇时的朋友，查找有没有人联系过她。

上杉也参加了调查。他只对一点感到好奇，到底是什么人查到她去过西饼店呢？会议对此未作任何说明。

这次的调查真奇怪，他呆呆地想道。

2

西饼店店员的证词让调查有了起色，但警方没有从三井峰子的亲戚和老朋友那里得到任何有利的信息。这时，他们新发现了一个事实，据说三井峰子跟离婚时的委托律师商量过财产分割事宜。正式的财产分割已经结束，但三井峰子希望重新跟前夫交涉。她好像终于体会到一个女人独自生活的艰辛。

但若没有任何理由，很难再度进行交涉。三井峰子很可能开始考虑，如果能证明直弘在离婚前就有外遇，便可以要求他支付精神赔偿金。但三井峰子始终只把这件事当作假设的前提跟律师商量，所以那个姓高町的女律师也并未积极地把详情告知警方。

他们马上对清濑直弘进行了调查，一个疑似他女友的人浮出水面。清濑离婚后立刻聘用了一个叫宫本祐理的女人当秘书，公司里有传言说她可能是社长的女友。

如果两人的关系在直弘离婚前便已开始，三井峰子或许能拿到精神赔偿金。和案件有关的利害关系终于得以查明。

清濑直弘有不在场证明，但如今登录黑网站买凶杀人已不鲜见。调查宫本祐理和清濑直弘关系的工作落到了上杉头上。

"你找这个人查一下。"组长递给他一张纸条，上面写着"岸田要作"和一个地址。

"岸田……好像在哪里听过。"

"他是全权负责清濑直弘公司税务的税务师，和清濑有近三十年的交情。向直弘公司的员工问起宫本祐理，大家都说，岸田最清楚社长的私生活。"

"我记得在三井峰子手机的已拨电话记录里有岸田事务所的电话，是吧？"

"对。关于这一点，岸田说三井只是跟他商量确定申报一事。"

"真的只是这样？"

"不清楚。你调查时也顺便问一下。"

"我知道了。"上杉将纸条塞进上衣内兜。

"找个年轻人跟你一起去？"

"不用了。这点事我自己就行。"上杉说着拿起外套。

当他走出日本桥警察局时,听到身后有人喊"上杉警官",回头一看,只见加贺正快步追来。

"我可以跟您一起去吗?"

"你知道我要去哪儿?"

"岸田税务师事务所,刚才我听到了。"他若无其事地回答。

"你为什么想去?该不会以为能查到什么可以让你邀功请赏的线索吧?"

加贺微微一笑,说道:"要是那样,我就把功劳让给您。我找岸田税务师另有原因。"

"什么原因?"

"以后再告诉您。我可以去吗?"

"愿意跟就跟着吧。"

岸田事务所位于市谷,紧邻靖国路,在一栋六层建筑的二层,入口处有玻璃,一个中年女人坐在桌后。上杉向里张望,看见一个年近六十岁的瘦弱男人正在操作电脑。

上杉走进去自我介绍,表明来意。

那个男人站了起来,他果然就是岸田。他一脸困惑地让上杉和加贺在沙发上落座。

上杉一边看着对方递来的名片,一边询问他和清濑直弘的关系。岸田结结巴巴地回答说,他们的确有着很多年的交情。

"两家人都很熟吗?您和已故的三井峰子女士也很熟?"

岸田闻言摇了摇头。"不,和夫人没那么……我很少去他家。"

"六月三号三井女士给您打过电话吧?她找您有什么事?"

"这一点我已经说过了。"

"对不起,请再详细说一遍。"

岸田轻轻地叹了口气。"她问如果委托我们事务所进行确定申报会花多少钱。我说这要看具体收入和开销有多少,但如果委托我们,肯定会尽量控制得最低。"

"还说了什么?"

"只有这些。"

"据您所知,清濑夫妇为什么离婚?"

岸田略加思索,开口说道:"我听说是夫人希望离婚,但具体情况不知道。他们应该已经商量好了,别人不该插嘴。"

"责任是否在清濑先生一方?比如他有外遇。"

岸田瞪大眼睛,连连摇头。"我觉得不会,清濑社长没那个能耐。"

上杉决定切入正题。"有个叫宫本祐理的女人最近好像被聘为社长秘书,是吧?她是什么人?是因有门路才被录用的吗?"

"不,这个,这……"岸田脸上立刻浮现出狼狈的神色,"我只是税务师,对于他们来说终究是个外人,客户的私事一概不管。我只听说他们很早就认识了,其他不太清楚。"

"认识?是什么关系?"

"我说了我不知道。"岸田不耐烦地摆摆手。

上杉觉得,岸田可能怕说出不该说的话,惹怒清濑直弘。

既然从岸田口中打听不出有用的线索,上杉合上记事本,决定放弃。"百忙之中打扰了,非常抱歉。"他准备起身。

就在这时,加贺说道:"可以再问个问题吗?六月十号晚上您去了哪里?"

岸田一听,露出非常惊讶的表情,上杉也吃了一惊。虽说调查相关者的不在场证明是惯用套路，但现在没有任何理由怀疑岸田。胡乱确认不在场证明会使对方不快，从而影响随后的调查。

"你们怀疑我？"岸田果然面露愠色。

"您当成例行公事就行。对每个人都会问这个问题。"加贺笑道。

岸田不安地看向上杉，上杉微笑着点点头。

"对不起，例行公事。"

岸田的表情稍显缓和，向里屋走去。回来时，他手中多了个记事本。

"那天离开事务所后，我去了儿子家。"岸田边看记事本边说。

"您儿子家？在哪里？"加贺问道。

"木场，在江东区。"

"您几点离开事务所？"

"应该是六点半以后，具体时间不记得了。"

岸田声称，离开事务所后，他顺便逛了逛书店，到儿子家时已经八点左右。九点多时他离开儿子家，去了位于新桥的一家常去的酒吧，回家时已过午夜十二点。

加贺确认了他儿子的准确住址和酒吧的名字，便结束了谈话。

"你想干什么？"走出大楼后，上杉对加贺说道，"不能在那种局面下确认不在场证明，你这么乱来，让我很为难。"

"但事实证明还是问一下好。岸田在七点到八点之间没有不在场证明。"

"那又怎样？没有不在场证明的人占多数。关键是根本没有理由怀疑岸田。"

加贺停下脚步，凝视着车水马龙的靖国路。"您认识清濑弘毅吗？他是死者的独生子。"

"案发第二天我就去找他了。"上杉答道,"一个不谙世事的毛头小子。"

加贺耸了耸肩。"您真严厉。"

"我一见那种毛头小子就生气。明明自己什么都干不成,还装成熟。当父母的也不好,教育方式不当,他才会变成那样。父母生怕孩子嫌自己啰唆,孩子才变得任性妄为。"上杉一口气说完,才意识到自己多嘴了。他咳嗽一声,问道:"那个傻儿子怎么了?"

"我问了他死者的说话方式,例如对什么人用敬语,对什么人不用。"

上杉这才反应过来,加贺是想寻找用公用电话拨打三井峰子手机的人。上杉对此也感到好奇。"然后呢?"

"他说和一般人没区别。要是比较熟悉,即便对方比自己年长也很随便,如果不熟,即便是对年轻人也用敬语。"

"这相当于没问嘛。"

"于是我试着这么问:请告诉我三井峰子女士跟谁说话时不用敬语,想到多少就说多少。他们已经将近两年没见面,他忘了不少,但还是努力想起了几个名字。其中——"加贺煞有介事地停顿了一下,"其中有岸田税务师的名字。"

"啊?"上杉瞪大了眼睛,"真的?"

"他说岸田税务师多次去过他家,所以他曾经听到三井峰子女士跟岸田税务师说话时没用敬语。岸田税务师是清濑直弘先生的学弟,这也没什么奇怪的。但刚才我也说了,三井女士只在跟熟人说话时才不用敬语。"

上杉不由得小声说道:"刚才岸田说不怎么去清濑家,还说和死者不怎么熟。"

"可疑吧？"加贺咧着嘴笑了起来。

但上杉撇了撇嘴，看着这个辖区的刑警。"我知道你为什么跟我来了，但是，仅凭这点便怀疑岸田也有点说不过去。他没有杀害三井峰子的动机。"

"或许只是还没找到。"

"算了吧，要是这么说就没完没了了。"上杉转身走了几步，又停下来回头说道，"你要是想立功就去找别的刑警吧，我只是按照上面吩咐的做。我都快退休了。"

加贺露出意味深长的微笑，不知是否接受了上杉的建议。

3

大型拖车隆隆驶过，旁边的超车道上，一辆红色小轿车开始加速，一辆越野车也追了上来。

这时，一辆摩托车出现了，速度很快，转眼便超过了越野车，在拖车和小轿车之间穿行。

看到这一情形，上杉握紧了手中的罐装咖啡。摩托车消失在视线中后，他叹了口气，喝下咖啡。一瞬间，他感到咖啡已经变温了。

他正站在位于银座的采女桥旁，望着桥下。桥下不是河，而是首都高速都心环状线。

他赶在夜总会开门前去了那里，现在正要回去。已经查明宫本祐理曾是夜总会女招待，他便去了她原来工作的地方取证。这是为了查清她和清濑的关系。如果两人现在是恋人，那他们的关系是从何时开始的呢?

但很多人的回答都如出一辙。

她们说清濑直弘和宫本祐理之间没什么特殊关系。

"一看就知道了。"一个经验丰富的黑衣女郎说道,"清濑先生关照祐理是事实,但我觉得他并没别的心思,看起来只想在这里跟她说说话。该怎么说呢,简直就像父亲来看女儿一样。"

其他人的回答也大都如此。

上杉心想,可能猜错了。可能仅仅是因为相熟的女招待要辞职,清濑才决定把她招进公司的。要是这样,清濑没理由被三井峰子责难,当然也没有杀她的动机。

当他喝完已经变温的咖啡时,旁边有人说道:"您果然在这里。"

原来是加贺走了过来。

"你怎么知道我在这里?"上杉问道。

"我听同事说的。您要是去银座取证,回来时有可能顺便来这里。"

上杉捏瘪了空罐。"有些人真是无聊。"

既然加贺知道这里,说不定也听说了那件事。上杉开始无法直视加贺的脸了。

"你找我有什么事?"上杉没看加贺。

"我有件事想跟您商量。能跟我一起去岸田税务师的儿子家吗?"

"又是岸田。你真够烦的。"

"我觉得应该不是确定申报的事。"

"什么?"

"三井女士给岸田税务师事务所打电话的原因。岸田说是三井女士想找他商量确定申报一事,但我想应该不是。"

"那是什么？"

"三井女士应该是想打听，如果清濑直弘和宫本是情人关系，是从什么时候开始的，所以才给岸田打了电话。"

上杉沉默不语。他觉得加贺说的有道理。想知道前夫有没有婚外情，最快的方式就是向朋友打听，如果是说话连敬语都不用的亲密朋友就更快了。

"你之前为什么没说？"

"我之前觉得岸田税务师可能明知清濑直弘和宫本是情人关系而故意隐瞒，但现已查明事情并非如此。清濑先生和宫本小姐没有任何关系，至少没有男女之情，这件事想必到银座取证的您也应该知道。"

上杉咬牙瞪着加贺说道："你从哪里弄来的证据？"

"我会慢慢说的。如果清濑先生和宫本小姐什么关系也没有，岸田税务师就不必隐瞒什么。那么三井女士真的什么都没问吗？这怎么想都不自然。怎么样？您不认为需要调查岸田要作吗？"加贺转向上杉。

上杉哼了一声。"这你得跟我们组长说。还有比我更合适的人选，你们一起去立功吧。"

"负责岸田的是您吧？从这里打车到他儿子的公寓只需要十五分钟。"

"可是我——"

上杉还没说完，加贺便招手拦下一辆出租车。他一手扶住打开的车门，一手做出"请"的手势，催促上杉上车。

上杉皱着眉头走了过去。

在车上，上杉听加贺说明岸田的儿子与儿媳的情况。他儿子叫岸田克哉,在一家建筑顾问公司工作,和妻子都是二十九岁,有一个五岁的儿子。

"你既然都调查到这个地步了,接下来一个人也能做啊。我不会不高兴的。"

加贺不答,指着前方说道:"啊,看见了,那栋公寓。"车速也已减慢。

岸田克哉还没回家。妻子玲子说,克哉要陪客户,每天都很晚才回来。

上杉没提案件,只向玲子确认六月十日晚上岸田要作是否来过,得到了八点左右来过的肯定答案。玲子说,岸田白天打来电话,说要跟她商量婆婆三周年忌日的事,晚上会来。上杉又问了岸田当时的情况,玲子回答和平时没什么不一样。她看起来并非经过深思熟虑才这么说的。

上杉再也想不出别的问题,便环视室内,一台大屏幕液晶电视映入眼帘。餐柜里摆着高档酒,沙发上随意地放着几个印有名牌商标的纸袋,连上杉都知道那些牌子。

一个五岁的男孩正在地上玩陀螺。加贺对陀螺表现出兴趣,问玲子是在哪里买的。玲子说是公公十二日晚上带来的。

"真是十二号吗?"

"是的,怎么了?"

加贺说了句"没什么",眼神中露出此前未有的锐利光芒。

"没什么收获啊。"走出公寓,上杉立刻说道,"他是八点来的,这应该没错。但也不能因此认为他没有不在场证明。我们特意到这里来究竟有没有意义呢……"

"还不清楚。对了,看了那对夫妻的生活状况之后,您没注意到什么吗?"

"也算不上注意,只觉得他们很奢侈。现在这个时代,有钱人还真有钱。"

"就是这一点。她说她丈夫每晚都要接待客户,很晚才回来。但据我调查,岸田克哉在会计部,和接待客户扯不上关系。"

"你想说什么?"

"不,我也不确定。"加贺说着举起手,一辆空驶的出租车在两人面前停下。

4

第二天傍晚,上杉结束对另一起案件的取证,回到搜查本部时,被组长叫了过去。上杉走近后,组长小心翼翼地环顾周围,从桌子下面取出一个东西。上杉顿时惊讶得倒吸一口凉气。

"看来你果然有印象。"组长抬眼看着他。

那是一个木质陀螺,上面绘有绿色和黄色的同心圆,和岸田克哉的儿子玩的一样。

"为什么这个会……"上杉小声问道。

"好像是加贺在人形町的玩具店发现的。这个陀螺上有陀螺线,加贺希望拿到鉴定科,和勒痕进行比对。"

勒痕是指留在死者脖子上的绳印。

这起案件的凶器还没确定,只知道是一条直径在三毫米到四毫米之间的捻绳,但至今没能从日用品中找到相符的东西。

"加贺让我把陀螺和这个给你。"组长递过一张便条。

看到便条后,上杉更吃惊了。上面用潦草的字体写道:

六月十日傍晚,在人形町玩具店遭窃。加贺。

"关于这个陀螺的情况,他说让我问你。究竟怎么回事?"组长显得非常着急。

上杉没有理会他的问题,反问道:"鉴定结果怎样?"

组长似乎从上杉的紧张表情中看出了什么,拿起旁边的文件。"绳子的粗细和捻幅都和勒痕完全一致。"

上杉做了个深呼吸,感到全身血液都在沸腾。

"喂,上杉,这到底是——"

组长正要问,上杉伸手制止了他。"加贺在哪里?"

"不知道。他说想再调查一下,出去了。"

"那我跟他谈一下再向您报告。请稍等。"

"什么啊。"组长一脸不悦。

上杉鞠了一躬,转身离开了。他看了看表,刚过七点。

加贺回来时已近八点。上杉抓住他的手腕,把他拉到走廊。

"到底怎么回事?你哗众取宠没关系,别把我也卷进来。"

加贺轻轻摆脱了上杉的手。"我一个基层刑警再怎么有干劲,也解决不了什么问题。对了,您听说陀螺线的事了吗?"

"听说了。你为什么会注意那个陀螺?"

"也没什么,只是觉得很奇怪,又不是逢年过节,却收到这样的玩具。而且即便要买,也很难找到卖的地方。什么商店会卖这东西呢?我只想到一家。"

"人形町的玩具店?这种事你居然能记得。"

加贺点点头。"自从调到这里,我就每天在街上转悠。哪里有什么样的商店卖什么样的东西,我都了如指掌。"

"警察频繁到商店里去,人家也会感到麻烦吧?"

"所以我才穿便装。"加贺说着轻轻扯了扯身上的T恤。

原来如此。上杉这才明白,加贺看起来这么邋遢,是有他自己的考虑。

"听说被偷了。"

"是在十号傍晚,就在凶杀案发生前。"

"在杀人现场附近的商店街弄到凶器?你觉得可能吗?"

"说不好。每个人想法都不一样嘛。"

"即便那根绳子跟勒痕一致,也不能断定那就是凶器。"

"我明白。岸田要作的确将那陀螺线处理掉了。"

上杉不明白加贺的意思,眉头紧蹙。

"岸田虽然送出了陀螺和陀螺线,但陀螺线却并非原装,不是捻绳,而是没有捻过的组绳。他肯定在哪里单独买了绳子,然后配上原来的陀螺。"

"你是说他在行凶后将捻绳处理掉了?"

"应该是那样。"

"也就是说……"上杉略加思考,"如果弄清岸田买组绳的商店,事情就有意思了?"

"对,所以我才去找那家店。"加贺说道。

"找到了吗?"

"或许。"加贺连连点头,"我想再过两三天就能真相大白。"

5

时针指向了六点。这个季节的六点天还没黑，但靖国路上的汽车都已打开车灯。

上杉和其他侦查员一起坐在路边的车上，盯着旁边大楼的入口。岸田的事务所就在那栋楼里。他们已经确定岸田就在里面。大楼还有一个后门，那里也处于监视之下。

他们还没拿到逮捕令，今天只是非强制性地要求他接受侦讯。但上杉知道，逮捕令的下达只是时间问题。

加贺在人形町新发现了大中小三种陀螺，买了一整箱回来。据说这些陀螺不是来自遭窃的玩具店，而是就摆在民间艺术品店门口。陀螺线都是组绳。

"光买陀螺线很难，所以他肯定也买了陀螺，但又不方便去他偷过的商店买，便另找了一家卖木质陀螺的店。"

陀螺分为三种，陀螺线的型号也各不相同。加贺认为，岸田为了确认哪根绳子合适，肯定碰过多个陀螺。

他的见解是正确的。对这些陀螺上的指纹进行鉴定后，警方发现其中几枚同取自岸田名片的指纹一致。

下一步，只要弄明白岸田为何一定要把那个可疑的陀螺送给孙子就可以了。加贺对此也进行了推测。

"岸田要作十号去儿子家时，大概发生了和陀螺有关的事吧。不然，他不会非那么做不可。"

到底发生了什么呢？为查清此事，加贺此刻正在岸田克哉家中。他认为应该能从克哉的妻子玲子那里打听到什么。

六点半时，上杉的手机响了。

"我是上杉。"他说道。

"我是加贺，刚从岸田克哉家出来。"

"打听到了？"

"对，跟我想的一样。岸田要作十号就把陀螺放在包里了，是和玩具店被偷的那个一样的陀螺。之后陀螺被他孙子发现了。"

加贺语速很快，但上杉还是明白了。

"原来如此。既然说了要将陀螺送给孙子，就不能反悔了。"

"我已经若无其事地将绳子不一样和岸田的不在场证明没有意义的事告诉了玲子。她可能正在给岸田要作或她丈夫打电话呢。"

"我知道了，接下来就交给我吧。"上杉说完便挂断电话。

大约十分钟后，岸田出现在大楼入口处。他的表情明显很紧张，逐渐变弱的阳光加重了他脸上的阴影。

上杉给同事递了个暗号，下车径直走到岸田面前。

看到有人站在面前，岸田并没立刻作出反应，而是茫然地抬头看着上杉，大概满脑子都在想别的事情。

即便如此，在认出上杉后，他还是惊讶得瞪大眼睛，但并没发出声音。

"岸田先生，"上杉说道，"有些事要问您，能跟我走一趟吗？"

岸田半张着嘴，眼睛瞪得浑圆。因为脸颊太瘦，他整张脸看起来就像骷髅。很快，他有气无力地垂下头，一言不发，双腿发软。

6

二十七年前，大学时代的师兄清濑直弘联系上我，说他想开一家保洁公司，希望我能帮忙。当时我刚开了一家税务师事务所，工作很少，因此二话没说便答应下来。我知道清濑的人品和能力，相信他不会太失败。

结果，他的事业取得了巨大成功，远超我的想象。我没想到那是一个有那么大需求量的行业。公司在眨眼之间变大了。

我想那应该是清濑结婚后不久，他决定再开一家公司，专门处理保洁公司的税务，并让妻子峰子当社长，给她发薪水，还为此给她开了一个银行账户。账户虽然名义上是峰子的，但实际由我管理。储备这些资金是为了不时之需。

二十年过去了，我和清濑夫妇关系很好。如果说有什么变化，就是他们夫妻俩的关系。您也知道，他们离婚了。我不太清楚具体原因。离婚后，清濑便请宫本祐理当秘书，但我想至少她们离婚并不是因为宫本的出现。至于我为什么会这么想，以后再说。

两人没有对簿公堂，而是选择协议离婚。峰子请了律师，要求依法分割财产。他们对两人名下的银行账户进行了公证，当然我也在场，但并没多说话。

峰子得到了应得的部分。清濑的账户中没有用途不明的支出，峰子也同意了分割方案。就这样，离婚事宜顺利解决，我也认为不会再有问题。

但到了这个月,峰子联系了我,说有件事想见面确认,还让我不要告诉清濑。当时我完全不知道是什么事。

我们在东京站旁的咖啡馆见了面。峰子看起来比离婚前更加年轻。我看她生活得很充实,也就放心了。

我们闲聊了一会儿,峰子便进入正题,是关于宫本祐理的事。她听说宫本当了社长秘书,还是清濑的恋人,想确认是否属实。我刚才说他们离婚并不是因为宫本祐理,就是因为峰子的这番话。离婚时,峰子甚至不知道有宫本其人。

我回答说不知道。我的确不知道。宫本原来是清濑中意的女招待,不太可能什么事都没发生,但清濑从未跟我说过。

峰子说,宫本祐理即便是清濑的女朋友也没关系,她只想知道两人的关系是从什么时候开始的。我由此察觉了她的目的。如果两人果真是在他们离婚前便开始交往,她就打算向清濑索要精神赔偿金。我回答说,我连清濑和宫本祐理是什么关系都不知道,即便他们是恋人,我也不知道是从什么时候开始的。于是峰子问是否可通过账户收支情况查明此事。她认为,如果宫本是清濑的情人,清濑肯定给过她钱,或者给她买过贵重的礼物。

账户的收支情况在两人签离婚协议时就已调查过。我一说起这一点,峰子又怀疑清濑随便立了个名目,把公司的钱转入了情人的账户。的确,身为社长,清濑能够这么做。但我否定了她的猜测。如果清濑那么做,姑且不说别人,起码我会知道。我对峰子说,有我把关,请相信我。

但峰子并不同意我的说法,甚至说我是清濑的朋友,可能会包庇他。她坚持要看公司的账本,而且似乎已经打算另请税务师或会计师进行调查。

那时我便有了一种不祥的预感,觉得事态开始朝不好的方向发展。

然后,峰子说出了我最担心的事。她提起了二十年前创立的那家子公司,想查那个账户的现状。在签离婚协议时,那个账户作为实质上的公司资产被排除在外。

我拼命装出平静的样子,心里却非常紧张,因为我不想让人知道那家子公司的情况。

从多年前起,我便开始未经社长峰子许可擅自从她的账户里取钱。不仅如此,我还利用清濑全权委托我负责子公司的会计事务之便,暗地操作,使得远高于税务师报酬的钱流向我的事务所,金额大概多达三千万。

我将这些钱都用来还债。税务师事务所的经营状况不好,我还因赌博欠了不少钱。我想在清濑尚未发现时还回去,但直到今天都没能还上。

我们约好一周后在同一家店见面,便就此分开。但这件事让我一直寝食难安。我请她先不要向任何人说起这件事,可如果我一直放手不管,她肯定会开始行动,或许会请律师直接跟清濑交涉。清濑肯定不在乎,反正他没做亏心事,可以任人调查,但我就完了。

我不知该如何是好,日子却一天天过去。一周后,我与峰子如约见面。她非常着急,让我感觉如果什么都不做,她现在就可能会去找清濑。我焦躁起来,脱口说出在两三天内会给她一份报告。实际上我根本毫无头绪。

我彻夜未眠,第二天仍一直在想应该怎样对付峰子,然而什么都做不了,时间却比平时流逝得更快。

我也不知道脑子里何时有了那种想法,只是清晰地记得,傍晚离开事务所时,我已下定决心。证据就是我往儿子家打了电话,告诉儿媳我会在八点左右过去,这是为了给自己制造不在场证明。对,那个邪恶的想法就是让峰子死。

我夹着公文包朝小传马町出发。上次见面时,我问了峰子的住址。

坐地铁时,我发现了一件事,于是在人形町站下了车。我发现自己还没有杀人方案。力气大的人或许能徒手将人掐死,但我完全没有自信,也不认为现场会有适合当凶器的物品。

我想找件刀具,便开始在人形町转悠。人形町有各种各样的商店,不久我便在一家商店门前停下脚步。那是一家叫刻剪刀的刀具专营店,是创办于江户时代的老店,陈列柜上摆放着手工制造的菜刀、剪子和镊子等物品。

我被那些物品的气势压倒了。尤其在看到像是由两把切生肉的刀组合而成的大型裁切剪时,我不由得向后退去。

我觉得自己用不了刀具。这不是切肉或鱼,如果无法立刻致死,她便有可能逃掉。即便很顺利,血也可能溅到我身上,事后凶器也很难处理。况且如果在这种地方买刀,警方在调查时肯定会发现。

如果不用刀具,那用什么当凶器呢?如果既能不让她出声,身上又不会溅到血,就只有绞杀了。我决定找绳子。我戴着领带,却不能使用。我觉得领带的纤维会留在勒痕上成为物证。

绳子哪里都有卖,但当我走进便利店要买塑料绳时又犹豫起来。店里有监视摄像头,如果警察查到凶器是塑料绳,肯定会到这家店来,于是我没去拿绳子。另外,我还在意绳子的长度。用于行凶的绳子顶多也就几十厘米,剩下的绳子该如何处理呢?

从便利店出来后，我继续在街上走，寻找可用的绳子。绸缎庄里有很多种绳子，但像我这样的人到那种店里专门买绳子会令人生疑，店员肯定会记住我。我也看了卖领带和皮带的店，但始终没能下定决心。我觉得不管在哪里买什么，都会被店员记住。

就在这时，我看到了那个陀螺。我没看店名，只看到一个玩具店前摆着很多木质玩具，其中就有陀螺。

幸亏周围没人，店里好像也没人。我迅速将陀螺放进西装口袋，随即离开那里。活了这么大年纪，我还从未偷过东西，心脏扑通扑通跳个不停。

走到离玩具店很远的地方，我解下陀螺线，将陀螺放进提包。陀螺线很结实，非常适合绞杀。我把线放进口袋，走进一个电话亭。我不用手机，自然是因为害怕峰子手机的来电记录里会留下我的号码。

峰子很快就接了电话。她见我是用公用电话打的，有点奇怪，我便谎称我的手机坏了。她当时在外面，但表示已经快到家了。

我说有些事要向她报告，问现在是否可以去她家。她说八点与人有约，如果我们此前能够说完就没问题。我说我就在她家附近，应该花不了太长时间。

那时大概刚过七点。我唯恐别人看见，小心翼翼地来到她门前，按响门铃。当时我已从口袋里拿出绳子，藏在右手里。

峰子毫无防备地让我进了房间。房间里没有别人。

在峰子转身的瞬间，我从后面用绳子套住她的脖子，在后脖颈处交叉勒紧。

峰子大概惊呆了，没有反抗。十几秒后，她的四肢才开始剧烈挣扎。她使出浑身力气摇晃身体，却没有发出声音。我想她恐怕发不出声音吧。

不久她便瘫倒在地，一动不动。我尽量不看她，将绳子从她脖子上取下，然后从门缝里看了看外面，确认没人后走了出来，用手绢擦掉了门把手和门铃上的指纹。

我走到昭和大道上，打车去了我儿子家，大概八点前就到了。本来想商量我妻子三周年忌的事，但我心不在焉，只跟儿媳胡乱聊了些家常。

不料，五岁的孙子看到了我提包里的陀螺。儿媳问我为什么有这东西，我一时想不出合适的理由，只得说是熟人送的，但陀螺线忘在事务所了。当时绳子就在我裤兜里，但我无论如何也不能拿杀过人的绳子给孙子玩。于是我说下次连陀螺线一起带来，暂时要回了陀螺。我想另配根陀螺线。

离开儿子家后，我去了新桥，在常去的酒吧喝了一点威士忌。其实遗体在这时已被发现，这种不在场证明根本没作用。但我不知道这一点，只想尽量不一个人待着。我在深夜回到家，烧掉了绳子。

第二天，凶杀案的消息传到了我的事务所。那天我实在没心情去找陀螺线，一整天都战战兢兢，觉得警察很快便会拿着逮捕令将我抓走。

第一次跟警察接触是在十二号。警察打来电话，因为峰子手机的通话记录上有我事务所的电话号码。警察说如果方便，希望我能告诉他峰子找我有什么事。

我谎称是为了确定申报事宜。峰子离婚后打算成为译者，靠稿酬生活，今后确定申报应该是必要的。听了我的回答，打电话的警察没有怀疑。

取得了警察的信任，我放下心来，傍晚便去找陀螺线，却完全不知道哪里有卖的。虽然我只想要一根绳子，但只能重新买一个陀螺，于是又去了人形町。我不知道除了这个地方外，还有哪里会卖这种传统陀螺。

但我不敢去偷过陀螺的那家店。我在商店街上走着，很快发现了一家民间艺术品店的门口摆着木质陀螺，有大中小三种。我一个个拿在手里，在脑中跟偷来的那个陀螺比较大小，买了最小的陀螺。走出商店后，我在去往车站的路上解下陀螺线，用纸将陀螺包起来，扔进了便利店的垃圾箱。我去了儿子家，将前几天买的陀螺和刚买的陀螺线一起送给了孙子。所有的掩饰就这样完成了。

但警察还是怀疑我了，而且程度似乎一天深似一天。得知刑警去了我儿子家时，我心中充满恐慌，觉得警察马上就要来抓我了。

此后我又听说一个姓加贺的刑警拿来了我送给孙子的那个陀螺的原装陀螺线，便意识到自己已无处可逃。

我在深深地忏悔，自己的确对不起峰子。我真不知道当时是怎么了。我本应承认自己的贪污行为，补偿过失。但为了保全自己的生活，我夺去了一个无辜的人宝贵的生命。我甘愿接受任何处罚。

7

岸田要作的供词没有太大可疑之处。根据他的供述，警方在现场及周边进行了场景再现，一切都很自然可行。同时，通过调查清濑直弘的子公司的财务记录，发现用途不明的支出至少有三千万元，而且名义社长清濑峰子的账户也被取走了近两千万。清濑直弘完全没有发现岸田要作侵吞公款，三十年来，他一直非常信任这个税务师朋友。

人们原本觉得会陷入泥潭的小传马町凶杀案终于告破，在现场直接指挥的管理官①和组长的脸上都浮现出满意的表情。

但并非所有供词内容都已取证。凶手表示侵吞公款是为了偿还因税务师事务所经营不佳和赌博而欠下的外债，但警方发现事务所的经营并未恶化。另外，警方向了解凶手的人打听——比如清濑直弘，却没人知道他沉迷赌博。

可关于这一点，不管问多少次，凶手总是坚称事务所的经营表面上并没恶化，是因为自己掩饰得好，而且赌博也瞒着大家。

警方高层认为这样就够了。凶手已经招供，这就满足了起诉的条件，即便他私吞的钱用途不明也无大碍。

岸田最初招供时是由上杉负责，但随后他便开始刻意与案件调查保持距离。他原本就不认为这是自己的功劳，一切都是那个辖区刑警安排好的。可如果公开说明，搜查一科会颜面无光，因此他尽量避开搜查本部。

梅雨季节到了，绵绵细雨淅淅沥沥。上杉正打着伞走在甘酒横丁，手机响了起来。他看了看来电显示，是加贺。

他按下通话键，问他有什么事。

"您在哪儿？"

"在外面散步呢。"

"如果在人形町附近，能麻烦您陪我去个地方吗？"

"这次又干什么？"他回答完才意识到，这回答相当于承认自己在

---

① 警视厅下属各科内的三号人物，位列科长和理事官之后。搜查一科的管理官在重大案件发生时负责在管辖案发地的警察局设立搜查本部，现场指挥。

人形町。

"详细情况见面后再说,我在人形町车站的十字路口等您。"加贺说完就挂断了电话。

上杉一到那里,加贺就夸张地挥起手来。他拦了辆出租车,跟司机说到浅草桥。

"你打算带我去哪儿?"

"敬请期待吧。"加贺意味深长地说道。

即将抵达时,上杉猜出了目的地。他来过这里,是清濑弘毅所在剧团的排练场。

"为什么来这里?"

"这个嘛,先请进去再说。"加贺催促道。

在狭小的排练场上,演员们正在排练。两人刚一进去,几个人的目光就聚集在他们身上。加贺微笑着点头致意后,大家似乎都失去了兴趣,把目光转向舞台。

加贺将两把折叠椅并排放在一起,示意上杉坐下,随后自己也坐下了。

排练还在继续。从舞台布置和小道具配置看,好像已临近正式演出。

演出的幕间,工作人员迅速变换舞台的布景。大概因为有时间限制,他们没有任何多余动作。两人这才知道,参加排练的不仅仅是演员。

上杉认出其中一人正是清濑弘毅。他头上包着毛巾,和其他工作人员一起准备道具。他穿着运动背心,裸露的肩膀上都是汗水,泛着油光。

"那家伙不参加演出吗?"上杉小声说道。

加贺将食指贴在嘴唇上。

这出话剧以古代英国为舞台，登场人物不多，主人公是一个五十多岁的男人。两人逐渐看明白了，主人公过去是位名侦探，此时正一边回忆过去的案件，一边回忆人生。

他们一直看到话剧结束。他们虽是从中间开始看的，倒也乐在其中，印象深刻的地方也不少。

"不错啊。"加贺说。

上杉也答道："还行吧。"但实际上，他心中的评价还要更高一些。

上杉感到好奇，清濑弘毅到最后都没出场。难道他彻底成了幕后人员？

他正这样想着，一个声音在耳边响起："加贺先生。"是清濑弘毅。

弘毅取下包在头上的毛巾，头发已被汗水打湿。他深深鞠了一躬。"这次真是承蒙您照顾。我母亲也一定会高兴的。"

"哪里，我们只是做了分内的工作，对吧？"

加贺征求上杉的意见，上杉点点头。

"今后会有很多困难，你也要加油啊。"

"是，谢谢。"

"今天没演出啊。"

"是，我暂时不参加演出。"弘毅斩钉截铁地答道，眼神中似乎能看出某种决心。

"是因为那起案子吗？"上杉问。

"是这样。我无法集中精力表演，被导演换了下来。但现在反而觉得这样很好。我还不太成熟，需要不断磨炼。等有了自信，我再站到舞台上。"

上杉觉得弘毅有些自大，但并没感到不快。这个年轻人身上正散发出一种想拼命改变自己的气息。

"我还有工作,再见。"弘毅说完就离开了。

"我们也走吧。"加贺说道。

"你带我来这里,就是想让我见这个少爷吗?"

加贺一脸意外地眨了眨眼。"他看起来像个少爷吗?"

"啊,不。"上杉搓了搓下巴,"他多少变了一些。"

"对吧?"

"怎么回事?"

"以后再向您解释。请再陪我一会儿,不会浪费您太多时间。"

加贺又带上杉去了西饼店。店里有个喝咖啡的地方,两人在那里坐下。这里的蛋糕很有名,上杉却和加贺一样只点了冰咖啡。

"这个店好像是……"

"对,就是三井峰子女士被杀前来过的店。"加贺看了一眼蛋糕柜台,"那个店员记得三井女士接电话时的情景。"

"这家店原来是你查到的啊,怪不得我们上司什么都不说。你怎么找到这里的?"

"在回答之前,我还有事要告诉您,我会按顺序说。"加贺喝了口冰咖啡,开始讲述。

他从仙贝店的故事讲起,说出入那里的保险推销员有犯罪嫌疑,却出于某一原因不如实道出不在场证明。

然后是料亭,这与三井峰子房间里的芥末人形烧有关。他又说起三井峰子常去的陶瓷器店、认识她的钟表店老板、她的翻译家朋友等。每一件事都和案件本身没有直接关系,但上杉听了却不由得心生感叹。

这个辖区的刑警执着于那些谁也不在意的细节,即便和案件无关也决不放过,试图弄清每件事的真相。

加贺终于说到了这家西饼店。让上杉意外的是,这和刚才他们见到的清濑弘毅有关。三井峰子曾误以为这家店一个怀孕的店员是儿子的女友。

"就是她。"加贺将视线投向站在蛋糕柜台后的店员。她的腹部的确已经隆起。

"她以为儿子要有孩子了,所以非常高兴地搬到附近。但她儿子立志要当演员,没有固定工作。她觉得该做点什么,开始考虑向前夫索要精神赔偿金——是这样吗?"上杉问,"怪不得那个少爷变了。"

"他之所以改变,还有其他原因。"

加贺先说出结论,接下来的话让上杉更加吃惊。他说疑似为清濑直弘女友的宫本,其实是他的女儿。

"他们还没公布此事,所以还请保密。"加贺说道。

上杉晃着脑袋说道:"没想到案件背后还有这样的事。要是这样,儿子也该好好干了。他应该体会到了父母的爱。"

"上杉先生,就是这样。"加贺探了探身,"我工作时经常想,残忍的凶杀案发生后,我们不仅要将凶手抓获,还有必要彻查案件发生的原因,否则同样的事可能还会发生。真相中有很多值得我们学习的东西。清濑弘毅就从中学到了,所以才变了。但您不觉得还有人应该改变吗?"

上杉正拿吸管搅动冰咖啡,闻言停下动作,看着加贺。

"你想说什么?"

"您应该知道岸田在隐瞒什么。为什么不想办法让他坦白呢?"

上杉看着自己的手,说道:"我不明白你的意思。"

"是因为您能理解岸田的心情吗?您真的觉得这样就行了吗?"

"所以啊,"上杉抬了抬下巴,盯着加贺,"你想说什么?能说得明白些吗?"

"那我就直说了。"加贺严肃起来,目光中带着上杉从没见过的锐利,"只有您才能让凶手松口。请务必问出真相。"

这个人——

他果然知道,上杉心想。加贺明知上杉在三年前做了那么愚蠢的事,还是说出了这番话。

"我已经不想出风头了。"上杉平静地说道,"我是个非常卑劣的人,根本不配当警察。当时我提出辞职,但在别人的劝说下打消了那个念头。可我现在很后悔,觉得当时应该辞职。"

"何不将您悔恨的心情告诉那个人呢?"

上杉拿起咖啡杯轻轻摇晃,杯中的冰块哗啦作响。

"别胡说了。"他小声说道。

8

岸田要作比上杉上次见他时更瘦了。他脸色憔悴,眼窝深陷,隔着衣服都能看出肩膀上的骨头,好像一副骸骨穿上了西装。

他没有正视上杉,也没看其他地方,目光迷离。

"辖区里有个多事的刑警。"上杉开口道,"他说只有我才能完成这个工作,所以我才来这里。但说实话,我不知道能不能说服你。我没这个自信。请听我讲个故事，这是我唯一能做的。"

上杉喝了口茶。

"我今年五十五岁了，结婚已经二十一年。结婚时想马上要孩子，却始终没能如愿。到了第三年，妻子总算怀孕，又过了一年生了个男孩，我高兴得快跳起来了。"

岸田的表情有了些许变化。他的眉毛动了动，看起来在听上杉说话。

"可能因为三十多岁才有了儿子，我非常疼他，就是所谓的溺爱吧。即便在监视嫌疑人时，我也背着同事往家里打电话，想听儿子咿呀学语。真是可怜天下父母心啊。虽然知道这样不对，但我并未感到羞耻，反而觉得自豪。"

岸田又起了变化。他茫然看着桌面的眼神开始有了焦点，似乎想要注视什么。

"我的确疼爱儿子，而且对这点很有自信。但疼爱和重视不一样。所谓重视，是考虑孩子的未来，不断为他做出最好的选择，我却没能那么做。我只是为自己有了一个可以倾注爱的对象而极其高兴。"

上杉又喝了口茶。

"当然，孩子总有一天会长大，不会永远那么可爱，有时还会闯祸。这种时候，父亲往往会选择逃避。工作一忙，他们更为自己找到一个体面的借口。我也一样。妻子跟我说起儿子时，我只嫌她啰唆，根本不想跟她一起解决问题。当妻子因此责怪我时，我总会说自己有工作。即便工作不忙，我也总把这句话当武器，将所有麻烦都推给妻子，甚至在听说儿子交了狐朋狗友时，我也并不在意。我乐观地认为，稍微活泼一点的男孩子总有一段时期会这样。实际上，我的乐观只是在自欺欺人。"

岸田抬眼看了看上杉，但四目相对时，他马上垂下了头。

"三年前，在警视厅待命的我接到一个电话。打电话的人是某个派出所的警察，是我通过一起案子认识的。他抓住了一个不戴安全帽就要开摩托车的少年，听少年说他父亲是警视厅搜查一科的上杉，于是给我打电话确认。我询问详情，发现少年的确是我儿子。我很吃惊，且不说安全帽，重要的是他根本就没有驾照。对方问我怎么办，我跟他说：对不起，这回请放了他吧。"

上杉的声音有些嘶哑。他将手伸向茶杯，中途又停了下来。茶杯已经空了。

"对方答应了。他并没亲眼看到我儿子驾驶摩托车，因此给出警告后便放了我儿子。我松了口气。儿子刚上高中，要是被学校发现，很可能会被开除。但我的判断酿成了大祸。我当时本该毅然决然地请对方按规定严惩，要是那样，后来也不会……"

上杉有些语塞，连续做了两个深呼吸。

"当然，我也责备了儿子，但他并不在乎，可能因为我说话没用心吧。一周后，我就受到了惩罚。儿子在首都高速都心环状线上出交通事故死了。据推测，他以一百三十公里的时速在S形弯道上飞奔，撞上了路边的隔离墙。他虽然戴着安全帽，却没有任何可以保护身体的东西。当然，他仍没有驾照。摩托车是他向朋友借的，试图不戴安全帽驾驶而被捕时，他要骑的就是这辆车。后来我才知道，儿子还曾向别人炫耀，说他差点被捕，一说老爸是刑警，警官便放了他，所以以后稍微犯点错也没关系。"

上杉挺直上身，低头看向弯着腰的岸田。

"我没能保护做了错事的儿子，而是将他推向更坏的方向。我是个不称职的父亲，也是个不称职的警察。即便被孩子恨，父母也要将孩子引导到正确的方向，只有父母能这么做。岸田先生，你杀了人，当然要赎罪。但如果你的供词中有谎言，将达不到赎罪的目的，还可能导致新的错误发生。你不这么认为吗？"

岸田开始浑身颤抖，而且越来越剧烈，随后抽泣起来。过了一会儿，他抬起头来，两眼通红。

"请告诉我实情。"上杉说道。

9

很久没见到这样蓝的天了，万里无云，沥青路面上升腾的热气似乎是为此付出的代价。到达咖啡馆时，上杉的后背都已湿透。

加贺坐在临街的桌旁，正摊开餐巾纸写着什么。上杉一走近，他立刻面带笑容地说道："您好。"

"你在数什么？"上杉边在加贺对面坐下边问。他看见餐巾纸上写了几个"正"字。

"我在数穿外套和不穿外套的人。穿的人果然少了。"加贺把餐巾纸揉成一团。

上杉叫来服务员，点了一杯冰咖啡。

"岸田克哉挪用公款一事已经得到确认。别吃惊，有八千万呢。"

"是吗……"加贺不以为意地说。

岸田要作侵吞清濑夫妇的财产不是为了偿还自己的欠款，而是因为儿子克哉苦苦哀求，才不得不下手。克哉挪用公司的钱，即将被审计部门发现。

"令人吃惊的是,克哉完全不知道父亲是如何筹钱的。他认为那不过是父亲的事务所赚到的钱,真是天真!顺便说一句,他老婆也不知道丈夫挪用公款,她好像不觉得自己比别人过得奢华。"

加贺沉默不语,透过玻璃看着外面的街道。上杉也循他的视线望去,路对面仙贝店的招牌映入眼帘。

冰咖啡端上来了。上杉喝了一大口,看着加贺说道:"我有件事想问你,你从什么时候开始瞄上了岸田的儿子?"

加贺摇了摇头,说道:"我没瞄上他。"

"嗯?你很早就发现他儿子与案件有牵连,所以选择了我,不是吗?"

加贺歪了歪脑袋,表示不明白上杉的意思。

"凭你的眼力,无论搭档是谁都可以,你却选择了我,这是为什么?你知道我儿子的事,所以才认定,即便岸田包庇儿子,我也能让他坦白,不是吗?"

实际结果正是如此。他不得不这么想,这个辖区的警察导演了一切。

加贺露出温和的笑容,微微摇了摇头。"不是这样,您太抬举我了。"

"那为什么选择我……"

"理由有两个。"加贺伸出两根手指,"其一,您是负责岸田的。谁负责他,我就跟谁一起行动。其二,我知道您儿子的事,还听说您想辞职。您必须将这段痛苦经历应用到刑警的工作中去。出于这些想法,我选择了您。"加贺真诚地看着上杉。

上杉移开视线,用手指拭去咖啡杯上的水滴。"这等于没说啊。你知道多少我的事情?"

"但我的判断没错,不是吗?"

"怎么说呢……"上杉小声嘟囔道。

我也知道一点你的事——上杉原本想这么说,来这里之前听到的事还回荡在耳边。

加贺曾任职于警视厅搜查一科。在一件凶杀案的审判中,他作为辩方证人出庭,这件事导致他被调到基层的警察局。因为他的行为引起了死者家属的不满,他们怀疑调查人员的个人感情延误了破案。实际上,正是因为他的工作,一桩疑案才得以解决。

还是别说了,上杉心想。加贺肯定没后悔,他就是那样的人。

"岸田马上会被起诉。时间很短,但承蒙照顾。"上杉把咖啡钱放到桌上,站起身来。

"欢迎随时再来,到时我带您逛逛这条街。"

"希望能在凉快一点的时候。"上杉说完,朝门口走去。

就在这时,一个姑娘从外面走了进来。她穿着T恤和牛仔裤,头发染成黄色,留着左右不对称的发型。姑娘径直朝加贺走来。

"加贺警官,又在偷懒啊?"

"不是啊,我在巡逻。"

"什么啊,你就是因为这样才升不了职。"

"哈哈哈……"加贺笑道,"香蕉汁怎么样?我请客。"

"不用了,我还要琢磨发型设计呢。"

姑娘说了声"回头见",便走出咖啡馆,横穿马路,进了对面的仙贝店。

"她是那家店老板的女儿。"加贺说,"想当美容师。"

"可以再问一个问题吗?"上杉回到加贺面前,说道,"加贺,你到底是什么人物?"

加贺打开放在旁边的扇子,扇着风答道:"我不是什么人物,在这条街上,我只是一个新参者。"

图书在版编目(CIP)数据

新参者/(日)东野圭吾著；岳远坤译. -2版.
-海口：南海出版公司, 2016.2
（东野圭吾作品）
ISBN 978-7-5442-8110-2

Ⅰ.①新… Ⅱ.①东… ②岳… Ⅲ.①长篇小说-日本-现代 Ⅳ.①I313.45

中国版本图书馆CIP数据核字(2015)第240053号

著作权合同登记号　图字：30-2011-124

SHINZANMONO
© Keigo HIGASHINO 2009
Original Japanese edition published by KODANSHA LTD.
Publication rights for Simplified Chinese character edition arranged with
KODANSHA LTD. through KODANSHA BEIJING CULTURE LTD. Beijing, China.
All rights reserved.

新参者

〔日〕东野圭吾 著
岳远坤 译

出　　版	南海出版公司　(0898)66568511
	海口市海秀中路51号星华大厦五楼　邮编 570206
发　　行	新经典发行有限公司
	电话(010)68423599　邮箱 editor@readinglife.com
经　　销	新华书店
责任编辑	张　锐
特邀编辑	连子心
装帧设计	韩　笑
内文制作	田晓波
印　　刷	山东韵杰文化科技有限公司
开　　本	850毫米×1168毫米　1/32
印　　张	8.25
字　　数	177千
版　　次	2011年9月第1版　2016年2月第2版
印　　次	2024年12月第80次印刷
书　　号	ISBN 978-7-5442-8110-2
定　　价	39.50元

版权所有，侵权必究
如有印装质量问题，请发邮件至　zhiliang@readinglife.com